Tucholsky Wagner Zola Scott Sydow Freud Schlegel
Turgenev Fonatne Wallace Walther von der Vogelweide Fouqué Friedrich II. von Preußen
Twain Weber Freiligrath Frey
Fechner Fichte Weiße Rose von Fallersleben Kant Ernst Richthofen Frommel
Engels Fielding Hölderlin Eichendorff Tacitus Dumas
Fehrs Faber Flaubert Eliasberg Zweig Ebner Eschenbach
Feuerbach Maximilian I. von Habsburg Fock Eliot Vergil
Goethe Ewald Elisabeth von Österreich London
Mendelssohn Balzac Shakespeare Rathenau Dostojewski Ganghofer
Trackl Lichtenberg Stevenson Doyle Gjellerup
Mommsen Thoma Tolstoi Lenz Hambruch Droste-Hülshoff
Dach Verne von Arnim Hägele Hauff Humboldt
Karrillon Reuter Rousseau Hagen Hauptmann Gautier
Garschin Defoe Hebbel Baudelaire
Damaschke Descartes Hegel Kussmaul Herder
Wolfram von Eschenbach Dickens Schopenhauer
Bronner Darwin Melville Grimm Jerome Rilke George
Campe Horváth Aristoteles Bebel Proust
Bismarck Vigny Barlach Voltaire Federer Herodot
Gengenbach Heine
Storm Casanova Tersteegen Grillparzer Georgy
Chamberlain Lessing Langbein Gilm Gryphius
Brentano Lafontaine
Strachwitz Claudius Schiller Schilling Kralik Iffland Sokrates
Katharina II. von Rußland Bellamy Raabe Gibbon Tschechow
Löns Hesse Hoffmann Gerstäcker Gogol Wilde Vulpius
Luther Heym Hofmannsthal Klee Hölty Morgenstern Gleim
Roth Heyse Klopstock Kleist Goedicke
Luxemburg Puschkin Homer Mörike
Machiavelli La Roche Horaz Musil
Navarra Aurel Musset Kierkegaard Kraft Kraus
Nestroy Marie de France Lamprecht Kind Kirchhoff Hugo Moltke
Nietzsche Nansen Laotse Ipsen Liebknecht
Marx Lassalle Gorki Klett Leibniz Ringelnatz
von Ossietzky May vom Stein Lawrence Irving
Petalozzi Platon Knigge
Sachs Poe Pückler Michelangelo Kock Kafka
de Sade Praetorius Mistral Liebermann Korolenko
Zetkin

Der Verlag tredition aus Hamburg veröffentlicht in der Reihe **TREDITION CLASSICS** Werke aus mehr als zwei Jahrtausenden. Diese waren zu einem Großteil vergriffen oder nur noch antiquarisch erhältlich.

Symbolfigur für **TREDITION CLASSICS** ist Johannes Gutenberg (1400 — 1468), der Erfinder des Buchdrucks mit Metalllettern und der Druckerpresse.

Mit der Buchreihe **TREDITION CLASSICS** verfolgt tredition das Ziel, tausende Klassiker der Weltliteratur verschiedener Sprachen wieder als gedruckte Bücher aufzulegen – und das weltweit!

Die Buchreihe dient zur Bewahrung der Literatur und Förderung der Kultur. Sie trägt so dazu bei, dass viele tausend Werke nicht in Vergessenheit geraten.

Schulmeisters Marie

Eugenie Marlitt

Impressum

Autor: Eugenie Marlitt
Umschlagkonzept: toepferschumann, Berlin

Verlag: tredition GmbH, Hamburg
ISBN: 978-3-8424-0922-4
Printed in Germany

Rechtlicher Hinweis:
Alle Werke sind nach unserem besten Wissen gemeinfrei und unterliegen damit nicht mehr dem Urheberrecht.

Ziel der TREDITION CLASSICS ist es, tausende deutsch- und fremdsprachige Klassiker wieder in Buchform verfügbar zu machen. Die Werke wurden eingescannt und digitalisiert. Dadurch können etwaige Fehler nicht komplett ausgeschlossen werden. Unsere Kooperationspartner und wir von tredition versuchen, die Werke bestmöglich zu bearbeiten. Sollten Sie trotzdem einen Fehler finden, bitten wir diesen zu entschuldigen. Die Rechtschreibung der Originalausgabe wurde unverändert übernommen. Daher können sich hinsichtlich der Schreibweise Widersprüche zu der heutigen Rechtschreibung ergeben.

Eugenie Marlitt

Schulmeisters Marie

Vor der grünen Tanne ging es toll und lustig zu. Damit ist jedoch nicht etwa jene schlanke, steife Tochter des Nordens gemeint, die im Sommer ihr dunkelgrünes, rauhhaariges Haupt im Sonnenlicht badet und zur Winterzeit, feenhaft geschmückt, eine einzige Gastrolle in der Kinderstube gibt – ein reizendes Debüt, das selbst in der Erinnerung uralter Leute einen geheiligten Platz behauptet. Diese Tanne also war es nicht, wohl aber die stattliche Schenke in dem thüringischen Dorfe Ringelshausen, in deren Schild ein derber Tannenbaum prangte, der bereitwillig wandernde Handwerksburschen, vornehme Städter und müde Kärrner unter seinem Schatten beherbergte und der nur denen seine spitzen Nadeln zeigte, welche die kabbalistischen Kreidestriche auf des Wirtes schwarzer Tafel nicht gebührendermaßen löschten.

Es ging also toll und lustig zu und gab so vergnügte Gesichter, als ob, wie ein alter, fideler Bauer meinte, das ganze Leben für die Leutchen ein Tanz sei, zu welchem die lieben Engel im Himmel aufspielten. Was den Alten übrigens zu diesem Vergleich veranlassen mochte, das kann ich dem Leser so eigentlich nicht sagen. Die Musik war es nun einmal gewiß nicht, denn die tat ihr möglichstes zu beweisen, daß sie erdgeboren sei; besonders die Trompete entfaltete eine Energie, als gälte es, die geweissagten Posaunen am Jüngsten Tag zu unterstützen. Das schien indes den lustbeseelten Ringelshäusern nicht im entferntesten unangenehm zu sein, denn je wichtiger sich die Trompete machte, desto lauter klang ihr Jauchzen und Johlen.

Es war Hochzeit – Grund genug, zehnfach lustig zu sein, da ein solches Freudenfest auf dem Lande für ein oder mehrere Jahre Salz und Würze bei allen übrigen Zusammenkünften geben muß. Es war aber auch ein prächtiger Tag, so golden klar, wie man ihn nur wün-

schen kann, wenn man im sorgsam geschonten, allerbesten Staate
auf grünem Rasen und unter dem luftigen Dach der Lindenbäume
den Hochzeitsreigen aufführen will. Eigentlich soll es der Braut in
den Kranz regnen – das bedeutet das Wachstum der irdischen Gü-
ter; allein, es zeigte sich kein Wölkchen am Himmel, und die Ver-
sammelten verziehen es dem Himmel auch gar gern; denn im
Grund genommen waren die segnenden Wassertropfen diesmal
ziemlich überflüssig, weil ja ohnehin »Geldsack und Ackergrund«
Hochzeit machten – des reichen Schulzen Tochter heiratete einen
reichen Bauerngutsbesitzer aus der Umgegend.

Eine stattliche Hochzeit war es in der Tat. Gäste und Zuschauer
hatten sich so zahlreich eingefunden, daß man meinen konnte, alles,
was im Dorfe Leben und Odem habe, sei hier versammelt. Nur in
einem Häuschen, das mit seinen hellen Wänden und grünen Läden
freundlich von einem sanften Abhang auf den Tanzplatz herunter-
sah, schien man sich ganz und gar nicht um die vor der Schenke
entfaltete Pracht und Herrlichkeit zu kümmern. Ein schöner Mäd-
chenkopf, sicher der schönste im ganzen Dorfe, bückte sich hinter
dem blanken Fenster, das Weinranken und Rosenzweige halb bedeckten, so emsig über die Arbeit, daß man wohl hier und da einen
Streifen des aschblonden Haares, nie aber auch nur einen Schimmer
der Augen gewahren konnte.

Was indes diese Einsame durch ihr beharrliches Wegwenden von
dem Schauplatz des Vergnügens entbehrte, das wird sich der Leser
ungefähr vorstellen können, wenn er zum Beispiel eine der Haupt-
personen unter den geladenen Gästen mit mir betrachtet. Etwas
seitwärts vom Tanzplatz, unter dem prächtigen, breitästigen Lin-
denbaum sitzt eine – ich komme wahrhaftig in Verlegenheit um
eine passende Benennung; denn die Persönlichkeit hat längst die
Vierzig hinter sich und heißt »Mamsell Dore«. Sie ist sehr mager;
deshalb wird es mir einigermaßen schwer werden, den Leser zu
überzeugen, daß sie nichts mehr und nichts weniger vorstellt als
des verwitweten Herrn Pfarrers Haushälterin, ein Posten, den die
Einbildungskraft der meisten Menschen mit wohlbehäbiger Korpu-
lenz zu besetzen pflegt. Dieser Mangel schadete indes dem Ansehen
der Mamsell Dore nicht im geringsten, und wenn die Ringelshäuser
in ihr eine Person von Einfluß verehrten, so geschah dies mit vollem
Rechte. In der dürren Hand, die soeben den Strickstrumpf mit gro-

ßer Lebendigkeit handhabte, ruhte des Herrn Pfarrers leibliches Wohl – wie innig aber das geistige Leben des Menschen mit dem körperlichen Wohlbefinden verknüpft ist, braucht hier nicht erst gesagt zu werden, um zu beweisen, daß Mamsell Dores Kochfertigkeit und Umsicht im Hauswesen mit ihres Gebieters Beredsamkeit und seinem Benehmen gegen die Gemeinde Hand in Hand ging. Kein Wunder also, wenn die Ringelshäuser diesem Gestirn hinter den Dampfwolken der Küche mit großem Respekt begegneten.

Nun also, Mamsell Dore saß auf dem Ehrenplatze. Ihr gelbes Antlitz umschloß eine moderne Haube mit fliegenden, weißen Atlasbändern und zwei mächtigen Rosenbuketts an jeder Seite. Ein gestickter Kragen über dem himmelblauen Wolkenkleide und weiße Unterärmel vervollständigten eine Toilette, die wahre Sensation in Ringelshausen machte. Diese Anerkennung, die sich nicht allein in schmeichelhaftem Geflüster, sondern auch, wie es einfachen Naturkindern eigen ist, im naiven Hinzeigen mit dem Finger kundgab, schien die schlanke Gestalt der Bewunderten um einige Zoll zu strecken. Niemals hatte sie ihr hervorstehendes Kinn mit mehr Würde in die Lüfte gehoben, nie holdseliger und herablassender gelächelt wie heute.

Neben ihr saß eine alte Frau in stattlicher Bauerntracht – ein liebes treuherziges Gesicht, das unter der kolossalen, überladenen Bauernmütze hervorsah wie ein milder Stern unter einem dräuenden Wolkengebirge. Vielleicht klingt es seltsam, wenn ich meinen Vergleich für ein Matronengesicht vom Firmament herabhole. Freilich haben die Dichter aller Zeiten und Zonen in nicht mehr zu zählenden Beispielen den schönen Mädchenaugen einzig das Recht eingeräumt, Sterne zu heißen; gleichwohl, sind die Sterne nicht auch alt? Und gibt es nicht auch eine Klarheit der Seele, die gleich den Sternen ewig jung nach außen leuchtet, gleichviel, ob sie alte oder junge, schöne oder häßliche Züge bestrahlt?

Die alte Frau war die Stiefmutter des Bräutigams und wohnte in Wallersdorf, einem großen, drei Stunden von Ringelshausen entfernten Orte. Weit und breit ward die Vortrefflichkeit ihres Charakters anerkannt; aber sosehr auch Frau Sanner diesen Ruhm verdiente, so steht noch sehr zu bezweifeln, ob er wohl so weit und nachhaltig erklungen wäre, wenn nicht Frau Fama zu gleicher Zeit so erstaunlich viel von dem Vermögen der Gerühmten zu erzählen gewußt hätte – nach allgemeinen Begriffen läßt ja der Goldgrund das Charaktergemälde schöner hervortreten.

Wer indes das Gerücht bezüglich des Reichtums der Frau Sanner bezweifelt hätte, den würde das Benehmen des Wirtes zur grünen Tanne unfehlbar überzeugt haben; denn ab- und zugehend, trat er häufig zu ihr und bemühte sich, sie zu unterhalten. Wann hätte der wohl je mit einem an irdischen Gütern nicht Gesegneten so viel Umstände gemacht?

Sein aufgedunsenes, mit Sommersprossen bedecktes Gesicht, der dürre, semmelfarbene Haarwust, der seinen großen, stierartigen Kopf umstarrte, und die Gemeinheit in jeder Bewegung der ungeschlachten Gestalt machten ihn zu einer sehr unvorteilhaften Erscheinung neben der feinen, alten Frau, die sich an seinen Späßen nicht besonders zu ergötzen schien.

Auch er war reich, aber infolgedessen grob und anmaßend. Trotzdem ward sein Gasthaus häufig besucht, sowohl von Landleuten als auch von den Bewohnern der nahen Stadt A. Denn im Hinblick auf die wirklich reizende Umgebung, und besonders in Rücksicht darauf, daß kein zweites Wirtshaus vorhanden war, ignorierte man selbst die allzu begründete Sage, daß der Brunnen vor der grünen Tanne noch einen zweiten Ausfluß habe, und zwar drunten im Keller, allwo dieser unschuldige Quell geradeswegs in die Bier- und Weinfässer münde.

Im Vertrauen auf die Unerschöpflichkeit dieses Systems ließen sich's denn auch die Hochzeitsgäste angelegen sein, ihre Krüge und Gläser fleißig zu leeren. Daß dabei die Köpfe allmählich warm wurden, ist erklärlich. Die Burschen schrien, stampften mit den Füßen und schwenkten ihre Mädchen oft so weit aus dem Tanzkreise, daß die Zuschauer zurückweichen mußten, wenn sie nicht die mit Nägeln gespickten Sohlen der flüchtigen Tänzer kennenlernen wollten.

Um dieser Gefahr zu entgehen, hatten sich zwei kleine Mädchen hinter den bis dahin streng respektierten Stuhl der Mamsell Dore geflüchtet und verfolgten, kaum atmend, damit diese gefürchtete Standesperson ihre Nähe nicht ahne, die Tanzenden mit dem regsten Anteil. Da plötzlich sauste ein Paar vorüber. Die Kleine, welche zunächst stand, erhielt einen Stoß und stürzte vorwärts. In der Angst ihres Herzens erfaßte sie das lange flatternde Band an Mamsell Dores Haube. Da aber dies Wunderwerk von Tüll und Spitzen auf eine solche Attacke nicht berechnet war, so flog es in einem Nu, begleitet von zwei falschen, ihm allzu eng verbundenen Seitenlocken, zur Erde. Mamsell Dore fuhr wie unsinnig mit beiden Händen nach dem beraubten Haupte und stieß ein klägliches Geschrei aus. Augenblicklich waren wenigstens zehn Hände beschäftigt, das aus all seinen Himmeln gerissene Kleinod von der Berührung des gemeinen Staubes zu befreien. Man blies und schüttelte aus Leibeskräften und stellte endlich mit vieler Mühe den künstlichen Bau wieder her. Nun aber wandte sich Mamsell Dore voll Zornes gegen die kleine, zitternde Schuldige.

»Du ungezogener Balg!« schrie sie mit gellender Stimme. »Wie kannst du dich unterstehen, mir so nahe zu kommen?«

»Gebt ihr doch einen Denkzettel, damit ihr das Wiederkommen vergeht!« sagte der Sohn des Wirtes, der seiner ungemein schmächtigen Gestalt wegen allgemein »der dürre Bastel« genannt wurde, im übrigen aber seinem häßlichen Vater glich wie ein Ei dem anderen.

»Was hast du hier zu suchen?« fuhr er das erschrockene Kind an. »Lange Finger brauchen wir hier nicht!... Geh du«, und er hob den Arm, um die Kleine zu schlagen.

In demselben Augenblick aber wurde seine Hand mit einem fast krampfhaften Druck festgehalten. Er wandte sich um. Hinter ihm stand, wie plötzlich aus der Erde gewachsen, eine Frau. Ein dunkler Mantel umhüllte die hochgewachsene, ein wenig nach vorn gebeugte Gestalt; um das totenbleiche, vergrämte Gesicht schloß sich die feine, blendendweiße Krause eines Häubchens, und darüber war ein großes graues Tuch geschlagen, das Kopf und Schultern nonnenhaft bedeckte.

»Tue meinem Kinde nichts zuleide, Bastel!« sagte sie halblaut, als wolle sie ihre Anwesenheit nicht bemerkbar machen. Trotzdem klang es aus ihrem Ton eher wie eine Herausforderung denn als Bitte, und in der hastigen Bewegung, mit der sie das kleine Mädchen unter den Mantel zog, lag jene Entschlossenheit, mit der eine Mutter ihr Junges vor einem Angriff schützt.

Das anfangs verblüffte Gesicht des Burschen verwandelte sich schnell zu einem hämischen Grinsen.

»Ei der Tausend, da ist ja die Frau Schulmeisterin wieder!« rief er spöttisch und zog ironisch-höflich seine Mütze bis zur Erde. »Was, die Strafzeit schon vorüber? Habt Ihr fleißig gesponnen zwischen den vier Wänden? – Zeit genug habt Ihr gehabt – na, seid auch schön willkommen!«

Das feine, verwelkte Gesicht der Angeredeten färbte sich dunkelrot; ihre blassen Lippen schlossen sich einen Augenblick fester zusammen, als wolle sie damit einen tiefen Schmerz bekämpfen; dann aber entgegnete sie ruhig: »Du weißt recht gut, Bastel, so wie alle hier, daß ich nicht für strafbar befunden worden bin.«

»Aber auch nicht für unschuldig, he, Frau Lindner?«

Ohne Zweifel wollte die gequälte Frau dem schonungslosen Frager gebührend antworten; denn sie hob würdevoll den Kopf und trat dem jungen Menschen einen Schritt näher, so daß er scheu zurückwich; allein, durch einen unvermuteten Anwalt wurde sie jeglicher Selbstverteidigung enthoben.

Das junge Mädchen da droben in dem netten Häuschen hatte nur ein einziges Mal von ihrer Näherei hinweg nach dem bunten Treiben auf dem Tanzplatz geblickt; aber sie war auch sofort im jähen Freudenschrecken aufgesprungen, hatte die Tür aufgerissen und war atemlos nach der Stelle geflogen, wo die eben angekommene Frau sich befand. Durch den Menschenschwarm zurückgehalten, wurde sie Zeugin der peinlichen Szene. Nur mit Mühe hatte sie die Tränen unterdrückt, als sie die gebrochene, abgehärmte Gestalt schutzlos inmitten der hämischen Gesichter stehen sah, die sie mit jener scheu gaffenden Neugier umringten, mit der ungebildete Menschen ein fremdes, reißendes Tier, einen verunglückten Menschen oder einen eingefangenen Verbrecher zu betrachten pflegen. Mehrere Male hatte sie versucht, den dichten Haufen zu durchbrechen; allein, den Leuten war der Auftritt viel zu interessant, als daß sie nur einen Zollbreit gewichen wären. Was indes Bitten und Flehen nicht vermocht hatten, das bewirkte endlich ein Schrei der Entrüstung, den das Mädchen infolge der letzten unverschämten Äußerung Bastels ausstieß. Die Menge stob sofort erschrocken auseinander – einen Augenblick später stand das junge Mädchen neben der gekränkten Frau und schloß sie zärtlich in ihre Arme.

»Mutter«, sagte sie, »gib es auf, das Vorurteil dieser hier« – sie deutete mit einer fast stolzen Gebärde auf die Umstehenden – »zu bekämpfen. Eher würde ein Rabe weiß werden, als daß sie sich von deiner Unschuld überzeugen ließen. Sie glauben das Schlimme gern und trennen sich von einer üblen Meinung fast noch schwerer als von ihrem Geld... Du, Bastel«, fuhr sie zu dem jungen Burschen gewendet fort, »hast wieder einmal deinen tückischen Sinn recht gezeigt. Dein ganzes Benehmen gegen uns während einer so schweren Prüfungszeit war ein elendes, ein undankbares. Diese Frau« – sie legte die Arme fester um ihre Mutter – »nahm dich einst als halbverwahrlostes, mit Ausschlag bedecktes Kind in ihr Haus, weil deinem eigenen Vater vor dem Anblick graute. Sie hat dich mütterlich gepflegt, und dein Dank dafür ist, daß du sie in ihren alten Tagen zu beschimpfen suchst. Ebenso hast du wohl vergessen, daß *ihre* Hände es waren, die deiner braven, sterbenden Mutter die Augen zudrückten, während du beim Kartenspiel diesen letzten Liebesdienst versäumtest?«

Bastel, der sich anfänglich bei dem Erscheinen des Mädchens hinter die Umstehenden zurückgezogen hatte, fuhr bei dieser letzten Anschuldigung wie wütend auf die Sprechende los.

»Ach, du überg'studierter Schulmeister, du!« schrie er. »Mache dich nicht so mausig!... Wenn deine Mutter uns dienstbar war, so wird sie auch reichlich dafür bezahlt worden sein. Der reiche Tannenwirt nimmt nichts geschenkt; am allerwenigsten aber von solchen Hungerleidern, wie ihr seid... Geh lieber heim«, fuhr er fort, und ein tückischer Blick streifte das Mädchen, »und pfleg das Kind; das kann dein vornehmer Herr für seine fünfzig Taler schon verlangen... Geh heim, da tust du besser, als daß du hier stehst und predigst wie der Herr Pfarrer auf der Kanzel!«

Es mußte eine furchtbare Beleidigung in diesen, von spöttischen Gebärden begleiteten Worten liegen, denn das junge Mädchen zuckte im tödlichen Schrecken zusammen; sie erbleichte bis in die Lippen und richtete einen wehklagenden Blick auf ihre Mutter. Diese jedoch sagte scheinbar gelassen: »Du kannst mein Kind nicht beleidigen, Bastel; denn du selbst bist zu verächtlich... An die

Schande, die du Marie aufbürden willst, glaubst du so wenig als das ganze Dorf – denn ihr unbescholtenes Leben liegt ja klar vor aller Augen.«

»Bis auf ein Jahr, das sie in der Stadt zugebracht hat«, unterbrach sie hier eine rauhe Stimme. Der Wirt, welcher gesprochen hatte, ließ seinen Worten ein kurzes, rohes Gelächter folgen.

Hatte die alte Frau bis dahin standhaft ihre Fassung behauptet, so war es jetzt um dieselbe geschehen. Mit funkelnden Augen trat sie vor ihre Tochter, hob die Rechte drohend gegen den Wirt und rief mit unheimlich klingender Stimme: »Tannenwirt, Ihr seid mein Feind seit langen Jahren! Was mir auch Böses von den Menschen widerfahren ist, Ihr hattet stets die Hand dabei im Spiele... Ich habe Euch nicht geflucht um Eurer unglücklichen Frau willen, und weil Ihr mich, mich allein verfolgtet. Aber hütet Euch, mein Muttergefühl zu kränken!... Ich sage Euch nochmals, hütet Euch, auch nur einen Schatten von Verdacht auf mein schuldloses Kind zu werfen, oder Ihr sollt mich kennenlernen!«

Der heroische Ausdruck einer edlen Empfindung hat in gewissen Momenten Gewalt selbst über die rohesten, unzugänglichsten Naturen, und so wurde diese entflammte, in ihrem Kind beleidigte Mutter momentan ein Gegenstand der allgemeinen Teilnahme. Freilich äußerte sich dieselbe nicht sehr tatkräftig, denn das Ansehen und der Reichtum des Wirtes fielen dem menschlichen Mitgefühl gegenüber schwer ins Gewicht; allein, es wurden doch tröstende Stimmen laut, wie: »Beruhigt Euch, Frau Lindner, der Bastel war zu hitzig – Niemand im Dorfe glaubt, was er eben gesagt hat – Wir wissen ja, daß die Marie brav und unbescholten ist« – und der Kreis teilte sich, um die Frau mit ihren Kindern hindurchzulassen. Sie verließ denn auch, gestützt auf ihre ältere Tochter und das kleine Mädchen an der Hand führend, den Schauplatz des kränkenden Vorfalles und schwankte müden Schrittes ihrem Hause zu.

Die Tanzmusik begann von neuem. Die alten Bauern stopften ihre Pfeifen, und die jungen Burschen führten ihre kreischenden Mädchen zum Reigen. In kurzem wirbelte eine mächtige Staubwolke über der Stelle, wo eben noch zwei Herzen in bitterer Pein geschlagen hatten. – Daran schien niemand mehr zu denken; das wäre auch zu viel verlangt gewesen; denn – Hochzeit ist nicht alle Tage.

Nur ein junger Mann, vorher der eifrigste Tänzer, trat aus dem Gedränge zurück und lehnte sich an den Stamm einer Linde. Er war eine schlanke, hochaufgeschossene Gestalt, aber von den kräftigsten Formen. Das volle, schwarze Haar legte sich in glänzenden Wellen nach dem Hinterkopf zurück und ließ ein auffallend hübsches, wenn auch von Luft und Sonne fast asiatisch gebräuntes Gesicht frei. Seine edle, ungezwungene Haltung zeichnete ihn weit aus vor den anderen Burschen; und wenn diese in ihren langen Röcken, kurzen Westen und den fast zum Ersticken fest geschnürten, buntseidenen Halstüchern mitunter höchst drollig aussahen, so mußten der zierliche Anzug und besonders das lose um den weißen Hemdkragen geschlungene schwarzseidene Halstuch an dem jungen Mann vorteilhaft auffallen. Derselbe hieß Joseph, war der Stiefbruder des Bräutigams und der einzige Sohn der Frau Sanner – ihr Abgott und Erbe all ihrer Besitztümer.

Gegen so viele Vollkommenheiten waren natürlich die Herzen der Dorfschönen nicht gestählt. Das sah man hauptsächlich an ihrem Bestreben, den schönen Tänzer, der unbegreiflicherweise für den herrlichen Walzer plötzlich taub geworden zu sein schien, wieder in ihre Reihen zu ziehen – allein vergebens. Er trat endlich zu einer Gruppe alter Frauen, die in seiner Nähe saß; mehrere derselben entwickelten eine staunenswerte Zungenfertigkeit.

»Eine jede von euch weiß, wie es scheint, Hunderte von Fehlern an der Schulmeisterin«, sagte er fast ungeduldig. »Was hat sie denn aber getan, daß sie gefänglich eingezogen worden ist?«

»Das kann Euch Mamsell Dore am allerbesten erzählen«, sagte der Wirt, der eben hinzutrat; über seinen buschigen, strohfarbenen Augenbrauen und auf den Wangen flammten noch blutrote Flecken des Zornes.

Mamsell Dore jedoch sah scheel nach dem Sprechenden auf und entgegnete mürrisch: »Laßt mich zufrieden. Mir steht die Sache bis an den Hals. Ich habe so viel Ärger und widerwärtige Gänge wegen dieser Dieberei gehabt, daß ich froh bin, wenn ich nicht daran denke!«

Damit stand sie auf und rauschte von dannen.

»Wie, gestohlen hätte diese Frau?« fragte ungläubig der junge Mann.

»Na – und ob!« entgegnete der Wirt. »Seht«, fuhr er fort, und ein Blick des Hasses und Ingrimms streifte das Häuschen der Schulmeisterin, »das Weib da oben hatte ihr Lebtag einen Dünkel, daß es kaum zu sagen ist... Glaubt Ihr denn, daß die je in eine Spinnstube gegangen wäre? Ja, da kommt Ihr schön an, die war ihr lange nicht gut genug. Zur Kirmse saß sie an ihrem Fenster und guckte auf die Gäste runter, als sei die Nußschale da droben ein Rittergut und sie die gnädige Frau... Ihr Mann war nicht um ein Haar besser. Er nannte seine Frau – ha, ha, ich muß noch lachen, wenn ich daran denke – seine Rose, seine Krone und Gott weiß was alles. Der ist gestorben, ohne zu wissen, wie die grüne Tanne inwendig aussieht; er hielt sich für viel vornehmer als der Pfarrer, der gar oft auf ein Spielchen bei mir einspricht... In seinem Garten, nicht größer als meine Hand, steckte er den lieben langen Tag und vertat seine paar Groschen in teurem Blumensamen. Wenn nun das nichtsnutzige Zeug wuchs und blühte, hatte Euch der alte Narr eine Freude, als ob er eine unverhoffte Erbschaft getan hätte... Auf einmal starb er und hinterließ seiner Frau nichts als das Häuschen und zwei Kinder. Da hat sie denn bald gemerkt, daß der Hunger vor den grün angestrichenen Fensterläden und den weißen Vorhangslappen so wenig Respekt hat als vor den elenden Baracken draußen am Ende des Dorfes, und so ist es gekommen, daß sie« – er machte eine unzweideutige Gebärde, die das bezeichnet, was man »lange Finger« zu nennen pflegt.

Der junge Mann mußte zu dieser Anschuldigung abermals ein zweifelhaftes Gesicht machen, denn der Wirt fuhr ihn heftig und polternd an: »Na, na, spielt Euch nur nicht gar so auf den ungläubigen Thomas!... Hat Euch die Alte etwa auch behext mit ihrem scheinheiligen Getue?... Na, wartet nur, Ihr werdet schon klein beigeben... Vor ein paar Monaten sitzt Mamsell Dore spätabends allein in der Pfarre. Sie hatte alle Türen fest verschlossen, weil sie sich fürchtete; denn der Herr Pfarrer war verreist, und es lag viel Geld im Hause... Da hört sie auf einmal ein Hin- und Hertappen draußen auf dem Gang. Sie kriegt eine Gänsehaut und traut sich natürlich nicht von der Stelle. Weil aber der Spektakel gar nicht aufhört, so faßt sie sich endlich ein Herz, macht schnell auf und leuchtet hinaus. Da steht denn unten am äußersten Ende des Ganges, vor der weit offenen Stubentür des Herrn Pfarrers, die Schulmeisterin, leichenblaß vor Schrecken. Mamsell Dore fragt ganz erstaunt, wie sie denn durch die fest verschlossene Haustür hereingekommen sei? Darauf sagte die Schulmeisterin, aber stotternd und bebend – Mamsell Dore hat gehört, wie ihr die Zähne klapperten –, sie habe die Haustür offen gefunden. Als sie aber den Gang betreten habe, da sei etwas rasch an ihr vorbeigesprungen – an dem heftigen Stoß, den sie dabei erhalten, und an den starken Schritten habe sie gemerkt, daß es eine Mannsperson gewesen sein müsse. Der Schrecken und die Dunkelheit seien schuld, daß sie an das falsche Ende des Ganges getappt sei; denn sie habe nicht zu dem Herrn Pfarrer, sondern zu Mamsell Dore gewollt, um Brustsirup für ihr krankes Kind von ihr zu holen.«

»Das war alles erlogen«, fiel hier eine Frau dem Erzähler eifrig ins Wort, »denn Ihr müßt wissen«, wandte sie sich an Joseph, »daß der Wirt auch gerade am Pfarrhause vorüberging, als die Schulmeisterin hineinschlich, und da ihm dies auffiel, so blieb er ein Weilchen stehen. Der hat nun ganz gesunde Augen im Kopfe, wie Ihr seht; aber von einem Kerl, der herausgesprungen sein soll, hat er nichts gesehen – das hat er auch vor Gericht ausgesagt – gelt, Tannenwirt?«

»Nu ja«, entgegnete dieser, indem sein Gesicht dunkelrot wurde – ob vor Zorn oder Verlegenheit, wer konnte es wissen? –, »unterbrich mich nicht, du bist und bleibst ein altes Plappermaul. – Am andern Morgen«, fuhr er fort, »gab's einen höllischen Lärm im Dorfe. Der Herr Pfarrer war wieder da und hatte eine hübsche Bescherung an seinem Schreibpult gefunden. Die Klappe war zwar ganz manierlich angelehnt, so daß Mamsell Dore am Abend vorher, als sie nach dem Weggang der Schulmeisterin noch einmal so oberflächlich hinsah, nichts merken konnte; aber das Schloß war erbrochen, und 700 Reichstaler, ein Kapital, das dem Herrn Pfarrer vor einigen Tagen heimgezahlt worden war, hatten Reißaus genommen.«

»Und das soll die Frau Lindner getan haben?« fragte Joseph.

»Ei freilich!« schrie der ganze Weiberchor, wie aus einem Munde. »Wer denn sonst?«

»Ihr ganzes Haus«, fuhr eine derselben fort, »wurde durchsucht; das half freilich nichts. Die wird doch nicht so dumm gewesen sein, das Geld im Hause zu behalten – das liegt irgendwo gut aufgehoben, bis die Leute nicht mehr so viel davon sprechen; dann geht die Reise nach Amerika; denn das war immer der Schulmeisterin ihr Plan... Gut also, es fand sich nichts weiter als fünfzig blanke Taler – Pflegegeld für das Kind, sagte sie, das sie ein Jahr vorher mit heimgebracht hatte; woher? – das kann Euch niemand sagen. Ob der Bastel mit seiner Vermutung so gar unrecht hat, weiß ich doch nicht – die Marie war gerade dazumal in der Stadt, um Nähen zu lernen – ich will aber nichts gesagt haben... Die Schulmeisterin wurde nun nach A. zur Untersuchung gebracht. Da hat sie aber einen Advokaten genommen, der hat die Sache so fein gedreht, daß man ihr nicht an den Kragen konnte – du lieber Gott, man weiß ja auch nicht, was der vielleicht dabei gehabt hat? Na, kurz und gut, sie ist heute entlassen worden; aber wenn auch alle Rechtsverdreher der Welt sagen, sie habe das Geld nicht – das ganze Dorf wird doch mit Fingern auf sie zeigen, denn hier glaubt's jedes Kind!«

»Ich aber nicht!« rief Joseph. »Die Frau ist keine Diebin, da wollt' ich gleich Hab und Gut verwetten!«

Der Wirt kehrte ihm zornig den Rücken; die Zunächstsitzenden konnten hören, wie er etwas von »naseweisen Gelbschnäbeln« und dergleichen in den Bart brummte. Er packte klirrend einige leere Krüge zusammen und trat in die Schenke. Auch in den Augen der Weiber hatte der unbefugte junge Anwalt der Verfemten bedeutend verloren. Er achtete indes ganz und gar nicht auf die giftigen Blicke, die ihm zuteil wurden, und begrüßte mit einer höflichen Verbeugung den Schullehrer des Dorfes, der stillschweigend einen Teil der Anklagen mit angehört hatte und nun, nachdem sich der Kreis der Zuhörer verlief, auf den jungen Mann zuschritt.

»Kommen Sie ein wenig mit mir!« sagte er. »Ich muß Ihnen danken für die gute Meinung, die Sie von der armen Witwe haben.«

Er faßte zutraulich und herzlich Josephs Hand und führte ihn nach einer entfernten Bank.

»Da haben Sie wieder einmal«, begann er, sich niedersetzend, »den starren, unbeugsamen Bauerneigensinn! – Ich weiß, ich kann mit Ihnen frisch von der Leber weg sprechen; denn Sie haben drei

Jahre lang eine tüchtige, städtische Schule besucht und stehen so hoch, daß Sie Ihren Stand mit seinen Fehlern und Vorzügen überblicken können... Man mag einen Engel vom Himmel herunterholen, diese Leute eines Besseren zu überzeugen – wenn er nicht den Sack mit dem gestohlenen Geld in der einen und den wirklichen Dieb in der anderen Hand hält, so wird er so wenig ausrichten als alle Vernünftigdenkenden. Denn einmal wird es ihnen vermöge ihrer schwerfälligen Auffassungsweise wirklich schwer, *zweierlei* Vermutungen aufzunehmen, und dann glauben sie manchmal, wie zum Beispiel in diesem Fall, das Schlimmste am liebsten... Soll man sich nicht ärgern, wenn man sieht, wie es keinem einfällt, die Anklägerin, Mamsell Dore, von der niemand weiß, wo sie eigentlich herstammt – zu beargwöhnen, während alle die Schulmeisterin verdammen, deren ganzer, reiner Lebenswandel vorliegt und keinem ein Geheimnis sein kann... Die unglückliche Frau hat freilich den Fehler begangen, streng zurückgezogen zu leben, was auf dem Dorfe, wo die wenigen Bewohner nur auf sich angewiesen sind, stets unangenehm auffällt und böses Blut macht. Wer indes das stille, sinnige Gemüt des armen Weibes kennt, das im Umgang mit einem vortrefflichen Mann höhere Genüsse kennengelernt hat, als da Spinnstuben- und Kirmsenlustbarkeiten sind, der wird sie entschuldigen... Das können Sie mir glauben, sie würde eher samt ihren Kindern verhungern, als daß ihre Hände fremdes Gut anrührten.«

»Und ihre Tochter?« fragte Joseph hastig, indem er den Schullehrer durchdringend ansah.

»Ihre Tochter?« wiederholte dieser unwillig erstaunt. »Nun, die sieht doch wahrhaftig nicht aus, als ob sie gestohlen...«

»Nein, nein«, unterbrach ihn Joseph, »das meine ich nicht... Bastel beschuldigte sie« – er brach ab, während ein tiefes Rot in seine gebräunten Wangen stieg.

»Ja, ich weiß, was der nichtswürdige Bube heute von ihr gesagt hat«, erwiderte der Lehrer zornig, »aber auch nur er, der selbst keinen Schuß Pulver wert ist, konnte eine solche niederträchtige Verleumdung aussprechen... Das Mädchen ist rein wie die Sonne am Himmel, und wer's nicht glauben will, der mag ihr nur in das Gesicht sehen... ich würde nicht den Mut haben, in ihrer Nähe auch nur ein unlauteres Wort fallenzulassen... Die Schulmeisterin hat allerdings sehr unüberlegt gehandelt, als sie ein Kostkind in ihr Haus nahm, dessen Herkunft sie zu verschweigen gelobt hatte. Sie mußte Rücksicht auf ihre erwachsene Tochter nehmen... Das arme Mädchen! Die Beschuldigung hat sie wie ein Blitz getroffen... Sie ist überhaupt zu beklagen, weil sie viel zu fein erzogen ist für ihre Verhältnisse. Ihr Vater hat sich viel mit ihr beschäftigt, denn sie ist gescheit und gelehrig in allem – er hat sie zart behandelt wie seine Blumen; es war ein Fehler, denn er mußte den Boden berücksichtigen, auf welchen diese Blume angewiesen ist. Sie wird dadurch mehr zu leiden haben als wenn er sie in glücklicher Unwissenheit gelassen hätte.«

»Und meinen Sie, es gäb' nicht noch Leute, die ein solches Mädchen zu schätzen wüßten?« rief Joseph erregt. Ohne eine Antwort abzuwarten, sprang er empor und ging einigemal hastig auf und ab.

Mittlerweile war es Abend geworden. Das Dorf lag bereits im tiefen Schatten. Desto heller glänzte seine uralte kleine Kirche, die, friedlich umschattet von einem Lindenkreise, den Gipfel der Anhöhe krönte, auf welcher das Haus der Schulmeisterin lag. Ein weiches Abendlüftchen flüsterte in den Gipfeln, und die letzten Strahlen der Sonne stahlen sich golden durch die grüne Dämmerung der Lindenzweige – sie glitzerten in den spitzen Kirchenfenstern, dem unangetasteten Wohnsitz friedlicher Schwalben, und überhauchten die Schar graubemooster Leichensteine auf dem kleinen Friedhof so rosig und lebenswarm, als seien sie Vorboten des gewaltigen Auferstehungsrufes.

Während des Gespräches mit dem Schullehrer hatten Josephs dunkle Augen unablässig das Häuschen der Schulmeisterin gesucht, das sich mit seinem eng begrenzten, aber blumengeschmückten Gärtchen traut an die niedere, halbzerbröckelte Kirchhofsmauer schmiegte. Aber seit die unglückliche Frau mit ihren Kindern unter seiner Tür verschwunden war, lag es im tiefsten Schweigen. Kein Lebenszeichen war weder hinter den Fenstern noch im Garten zu bemerken, und der Schullehrer meinte auf Josephs ungeduldige Bemerkungen hin, das sei wohl kein Wunder, denn da drinnen flössen ja jetzt die Tränen des Wiedersehens und – des Jammers.

Endlich öffnete sich eine Seitentür des Hauses, nach dem Garten zu, und Marie trat heraus, auf dem Arm ein rotbackiges Kind haltend, das indes, mit Händen und Füßen zappelnd, auf den Boden begehrte. Marie, die sich offenbar unbeobachtet glaubte, da man vom Tanzplatz aus, des vorstehenden Hauses wegen, den Garten nicht sehen konnte, sprang an das Ende des schmalen Weges, kniete nieder und streckte ihre Hände dem Kind entgegen, das in seinem hochroten Röckchen, wie eine kleine frische Hagebutte, nun wankend und trippelnden Schrittes, die Ärmchen vorgestreckt, seinen Lauf versuchte, bis es jauchzend und lallend in ihre Arme taumelte. Sie wiederholte dies Spiel so oft, bis ihre Wange glühte und sie trotz des sehr vernehmlichen Protestierens des kleinen Schreihalses innehalten mußte.

Joseph, halb durch einen Baumstamm verdeckt, konnte ungestört das Mädchen beobachten, und der Schulmeister konnte bemerken, daß dies auch so eifrig und fleißig wie nur möglich geschah. Wunderlieblich war sie in der Tat, das konnte der strengste Kritiker nicht leugnen. Auf Joseph hatte diese Gestalt, als sie, den neugierigen Menschenhaufen durchbrechend, sich vor ihre gekränkte Mutter stellte und deren Verteidigung mit blitzenden Augen und vollklingender Stimme übernahm, den mächtigsten Eindruck gemacht. Das überaus geräuschlose Walten seiner Mutter im Hause, ihre sanfte, leise Stimme sowie das unbedingte Fügen in den Willen seines verstorbenen Vaters, und nach dessen Tode in den seinen, hatten ihn nicht ahnen lassen, daß dem Frauencharakter auch eine gewisse Selbständigkeit und Kraft innewohnen könne, die, weit entfernt von Unweiblichkeit, in Momenten der Aufregung imstande sei, jeglicher Anfechtung und Unbill wehrhaft entgegenzutreten... Das linkische, unbeholfene Wesen der Bauerntöchter, ihr albernes Lachen auf jede Anrede, waren auch nicht geeignet gewesen, ihm das Weib von dieser Seite zu zeigen – deshalb war ihm Marie eine nie gesehene Erscheinung... Und nun, wie ganz anders, und doch ebenso anziehend, zeigte sie sich ihm in diesem Augenblick wieder! Zwar lag noch immer ein gewisser Ernst auf ihrer klaren Stirn, aber der strenge, verachtende Zug, der bei jenem Auftritt ihre Lippen umzuckt hatte, war einem kindlichen Lächeln gewichen, und in der Haltung ihres Kopfes lag etwas demütig Madonnenhaftes. Bei den täppischen Schrittchen ihres kleinen Pflegebefohlenen leuchteten ihre Augen auf und richteten sich mit dem Ausdruck von Befriedigung auf ihre Mutter, die totenblaß in der Tür lehnte. Es schwebte zwar ein freundlicher Zug um den Mund der alten Frau, aber es war jenes starre Lächeln, das manchmal die Züge überschleicht, während der ausdruckslose Blick andeutet, daß die Seele nichts davon weiß.

Als Marie sah, daß die kleinen Künste und Fortschritte des Kindes fast nicht bemerkt wurden, rief sie ihre jüngere Schwester und übergab ihr das Kleine. Dann umschlang sie ihre Mutter mit beiden Armen und führte sie nach einer kleinen Tür in der Kirchhofsmauer, hinter welcher beide verschwanden.

»Sie gehen an das Grab meines Vorgängers«, sagte der Schullehrer. »Armes Weib, möchte sie Trost und Beruhigung dort finden!«

Joseph aber lief in tiefer Bewegung abermals auf und ab.

»Nein!« rief er endlich aus. »Wie konnten die Menschen nur den Mut haben, diese Frauen zu beschuldigen! Wie fangen sie es an, einen so schmählichen Verdacht festzuhalten?«

»Glauben Sie mir«, sagte der Lehrer, »die Ringelshäuser fühlen das moralische Übergewicht dieser beiden nicht. Kommt ihnen je eine dunkle Ahnung davon, so nennen sie's Hochmut – Sie haben sich vorhin überzeugen können. Das Recht aber, diese Eigenschaft zu besitzen, gestehen sie nur dem reichen Manne zu; dem beugen sie sich auch willig – wie ja der Bauer, nicht anders als viele andere Leute auch, geneigt ist, nach Geld und Gut den menschlichen Wert zu bemessen... Nun können Sie sich denken, daß jene unglückliche Familie in den Augen der Gemeinde zwiefach verdammungswürdig ist, denn man nennt sie arm und hochmütig...«

Hier wurde er unterbrochen. Vom Tanzplatz her kam Hand in Hand eine große Schar Mädchen. Sie traten vor Joseph, und eine derselben hub unter dem Gekicher der anderen an: »Der Anton, Euer Bruder, sagt, Ihr könntet so gewaltig schön singen... Seht, singt eins – da habt Ihr des Schulzen Michel seine Zither.«

»Aber«, riefen die anderen, als Joseph Miene machte, seinen Vortrag auf seinem bisherigen Platze zu halten, »kommt lieber mit hinauf unter die Linden, dort sitzen die Weiber, die möchten Euch auch gern hören.«

»So mögen sie hierherkommen«, antwortete Joseph kurz und fing an, die Zither zu stimmen.

Die Mädchen redeten leise und eifrig miteinander und blickten hinauf nach dem Haus der Frau Lindner. Endlich sagte eine entschlossen: »Das geht ein für allemal nicht; denn da könnte sich wohl gar am Ende Schulmeisters Marie einbilden, Ihr sänget ihretwegen... Guckt, das Haus ist just gegenüber!«

Es war ein Glück, daß die Dämmerung hereingebrochen war, denn Josephs Gesicht ward flammendrot, und an dem leidenschaftlichen Blick, den er auf das genächtete Häuschen richtete, würden die gesamten Dorfschönen höchstwahrscheinlich kein geringes Ärgernis genommen haben.

»Die sieht nicht danach aus«, entgegnete er endlich, »als ob sie auf mein Lied hören würde, geschweige denn, das sie denken möchte, es gelte ihr.«

Und er begann mit schöner, weicher Baritonstimme das Volkslied:

> Ach, wär' es möglich dann,
> Daß ich dich lassen kann!
> Hab' dich von Herzen lieb,
> Das glaube mir.

Während des Gesanges kam der Mond langsam heraufgezogen und überflutete das Dorf mit seinem Silberglanze fast taghell. Und Bäume, Blumen und Menschen hatten ein anderes Aussehen in diesem geisterhaften Lichte, dessen feiner, bleicher Strahl tönend an verborgene, ungekannte Saiten unseres Innern schlägt, so daß wir anders empfinden und uns selbst rätselhafter sind als im klaren Sonnenlicht.

In der Geißblattlaube, von der dichten Blätterwand verdeckt, lehnte Marie regungslos. Sie konnte den Zauber nicht begreifen, der sie bewog, den einschmeichelnden Tönen immer wieder zu lauschen und nach dem Sänger hinüberzublicken... Die Stimme des Fremden klang so warm und innig, und ein ebensolcher Blick war heute aus seinen dunklen Augen auf sie gefallen, als sie, die Mutter stützend, den Tanzplatz verlassen hatte... Ihr Herz pochte heftig, und helle Tränen tropften an ihren Wimpern. Ihr Gebet am Grabe des Vaters hatte beruhigend auf ihr tiefverletztes Ehr- und Kindesgefühl gewirkt; und nun drangen diese Klänge in ihre Seele und erweckten den Schmerz aufs neue... Etwas anderes konnte es doch nicht sein?

*

Der Sommer war verflogen. Die Sonne hüllte ihr bleiches Gesicht verdrossen in graue Nebelschleier, als wolle sie die fruchtberaubten Bäume und Felder nicht sehen, auf die sie erst so emsig das Gold der Reife gestreut; oder als fürchte sie die Schauer des Herbstwindes, der, die müden Zweige unbarmherzig schüttelnd, einen goldgelben Blätterregen über Weg und Steg warf und die langen Silberfäden des Altweibersommers mutwillig vor sich her trieb, obgleich sie sich an gelben Grashalmen und dürren Blumenkronen anzuklammern suchten.

Wie öde und einsam lag jetzt Ringelshausen zwischen den Bergen, die, nun ihres Laubgewandes entkleidet, große, verwitterte Felsblöcke zwischen den braunen Stämmen der Bäume unverhüllt und drohend zeigten!

Wenn der Leser übrigens glaubt, daß die Ringelshäuser mit der immer lebloser werdenden Natur harmonierten, dann irrt er sich. Ja, wenn das einfache Wörtchen »Kirmse« nicht wäre! Aber das hat auf dem Lande einen so gewaltigen Klang, einen so belebenden Zauber, daß der Wonnemond mit all seinem Blühen und Treiben ein wahres Kinderspiel dagegen ist.

Der Schornstein auf dem Gemeindebackhause in Ringelshausen dampfte weidlich. Manchmal öffnete sich die Tür mit einer gewissen Feierlichkeit, und es traten Frauen heraus, die auf großem Kuchenbrett die wohlgeratenen duftenden Meisterwerke ihrer Backkunst nach Hause trugen... Welches Gaudium für die Dorfjungen, welche, die Hände in den Taschen und die weiße Zipfelmütze lang auf den Rücken hinabhängend, mit gespreizten Beinen und sehnsüchtig hinübergestrecktem Halse die Kuchenträgerinnen vorbeidefilieren ließen! Am Brunnen scheuerten die Mägde mit wahrer Inbrunst, und die längs der Wände aufgestellten Eimer, das blitzende Kupfer- und Messinggeschirr waren leuchtende Zeugen ihres Fleißes. Es war ja aber auch am letzten Nachmittag vor der Kirmse – wer möchte da müßig stehen?

Im traulichen Stübchen saß Marie förmlich vergraben unter Spitzen und Bändern, die ihre fleißigen, geschickten Hände in jenen Koloß verwandelten, den die Thüringer Bäuerinnen als ihren schönsten Kopfschmuck hoch in Ehren halten. Sie hatte in der Stadt Zeit und Gelegenheit zum Aneignen dieser Kunstfertigkeit gewissenhaft benutzt. In der Umgegend hatte sie eine ausgebreitete Kundschaft; von Ringelshäusern dagegen wurden ihr sehr wenig Aufträge; einmal, weil das Sprüchlein: »Der Heller gilt da am wenigsten, wo er geprägt ist« – das vorzüglich die Deutschen niemals zuschanden werden lassen – zum Teil auch hier seine Anwendung fand, und dann der alten Feindseligkeit wegen.

Heute galt es übrigens, flink zu sein; denn der Bestellungen waren viele. Marie saß auch tief über ihre Arbeit geneigt, und nur wenn ihre Mutter durch das Zimmer ging, wobei dieselbe nie unterließ, schmeichelnd über den Scheitel der Tochter zu streichen oder ihre Schulter sanft zu klopfen, dann blickte sie zärtlich, aber auch bekümmert in die Höhe... Ach, wie war die teure Mutter verändert, wie verfallen die Gestalt, wie schmerzlich der Ausdruck ihres Gesichts! Die Unglückliche litt unfaßbar unter dem Druck der Schande, der auf ihrem Ruf lastete, und es gab kein linderndes Mittel gegen dies schwere Leiden. Man nennt ein reines Bewußtsein die beste Stütze in der Trübsal; aber seine tröstende Kraft reicht nicht immer aus gegen den bittern Schmerz unverschuldeten Elends und die Giftpfeile der Verleumdung, unter denen das Herz doch zuckt und blutet, wenn es auch noch so rein von Schuld ist... Wie viele müssen sterben mit dem schmerzlichen Bewußtsein, daß der falsche Schein, der ihr Leben vergiftet hatte, nun seine Flecken ungestört auf ihren Namen werfen werde, denn sie sind die Unterliegenden. *Niemand* ist sicher, ohne alle Schuld jenem Gespenst zu verfallen, das weiß ein jeder – und doch, der glühende Steppenwind vernichtet sein Opfer nicht erbarmungsloser als die Zunge des Menschen den Namen seines Nächsten – oft nur auf ein schwankendes, haltloses Gerücht hin.

»Wie hübsch und traut könnte es bei uns sein, wenn das Unglück nicht über uns gekommen wäre!« dachte Marie seufzend, indem ihr

Blick durch das gemütliche Stübchen glitt. Draußen riß der Wind an den dürren Weinranken und schlug die entblätterten Notenzweige, an denen noch einzelne braune Hagebutten hingen, heftig gegen die Fenster; die waren jedoch fest und ließen wohl das helle Licht, aber keinen rauhen Luftzug herein. Das bewies die kleine Grasmücke, die fröhlich zwitschernd in ihrem Drahtkäfig hin und her hüpfte, der zwischen Reseda- und Geranientöpfen auf dem Fenstersims stand.

Die kleine Christel, Maries Schwester, saß auf der Fußbank am Ofen und lernte, während sie den kleinen Pflegling mit dem Fuß in den Schlaf wiegte. Da rasselte es durch das Dorf. Die Jungen draußen lärmten und erhoben ein Freudengeschrei. Christels Buch flog zur Erde, und mit einem Satz war sie am Fenster.

»Heißa«, rief sie freudig, »da kommen schon Kirmsengäste!... Marie, guck doch hinaus, das ist ja der Joseph und seine Mutter!... Sie halten drüben bei Schulzens... Was das für ein stolzer Wagen ist!... Ja, die haben Geld!... Und der Schulze macht mal ein freundliches Gesicht!... Schau, da kommt auch die Margarete, die hebt die Frau Sanner vom Wagen... der Joseph guckt rüber... so guck doch hinaus, Marie!«

Aber Marie war purpurrot geworden und nähte so eifrig, daß Christel sich beinahe ärgerte. In demselben Augenblick trat eine Nachbarin herein.

»Na«, rief sie lachend, »da braucht man sich doch nicht mehr zu verwundern, daß Schulzens so drauf und drein gebacken und gebraten haben!... Die halten Kirmse und Verlöbnis zusammen... Der Joseph ist eben zur Freite gekommen... Habt Ihr's gesehen, Marie?«

Auf dem Gesicht des jungen Mädchens war die Purpurglut plötzlich einer tiefen Blässe gewichen. Sie wollte sprechen; aber die lebhafte Christel ersparte ihr die Antwort, indem sie fragte: »Ei, er heiratet wohl die Margarete?«

»Freilich«, entgegnete die Frau. »Er war schon öfter nach der Hochzeit des Anton wieder hier; freilich jedesmal nur auf einen Tag, weil er nicht länger abkommen konnte; aber das war schon genug... Die Margarete ist bis über die Ohren in ihn verliebt. Er soll stolz sein wie ein Edelmann – bisher war ihm keine gut genug. Nun, die Margarete hat zwar das Pulver nicht erfunden, aber sie hat schöne rote Backen wie ein Stettiner Apfel, und an Geld fehlt's da drüben auch nicht – da hat sich denn die Sache gemacht.«

»Ist denn das schon so gewiß?« fragte die Schulmeisterin.

»Na, wenn die Schulzin schon die Betten stopft und Wäsche nähen läßt, da ist doch kein Zweifel!«

Es fielen zwei schwere Tränen auf die schwarze Seide, die sich unter Maries Händen bauschte, und wer in ihr tief gesenktes bleiches Gesicht hätte blicken können, der würde bemerkt haben, daß hier ein schwerer Kampf gekämpft wurde... Armes Kind!... Sie machte sich bittere Vorwürfe, daß sie in jener Mondnacht dem Liede Josephs gelauscht. Sie klagte sich an, weil sie allzuoft seine stattliche männliche Gestalt betrachtet hatte, als er zu Besuch im Dorfe war, und tief erglühend schalt sie sich, daß sie hinter die Hecke geschlüpft war, um nur seine Stimme zu hören, als er mit dem Schulzen an ihrem Gärtchen vorüberging. Er war damals dicht an der Laube stehengeblieben und hatte so schön und wahr gesprochen – jedes Wort war in ihrem Gedächtnis haften geblieben... Ja, ja, sie hatte schwer gefehlt; ohne diese Vergehen wäre es gewiß nicht so weit gekommen, so weit, daß sie unsäglich litt bei dem Gedanken, er werde die Margarete heimführen... Das war die gerechte Strafe für ihre hochmütigen Gedanken!... Ach, sie war ja sogar so kindisch gewesen, sich einzubilden, er schaue öfter und bedeutungsvoll nach ihrem Fenster... er, der schönste und reichste Bursch der ganzen Gegend, nach ihr, der armen Lehrerstochter, die mühsam den Unterhalt für sich und die Ihrigen mit der Nadel erwarb... Wie hatte sie freudig gezittert, wenn er so stattlich zu Roß durch das Dorf gesprengt kam! Wie fuhr es jäh und heiß durch ihr Herz, so daß ihr der Atem stockte, wenn sein erster Blick beim Herunterspringen vom Pferd feurig über ihr Haus glitt und das Fenster suchte, an welchem sie saß... Das war nur zufällig gewesen – oh, der Törin!... Und daß er eines Tages, über die Kirchhofsmauer gebückt und verstohlen sich umsehend, die schönste Blüte von ihrem sorgfältig gepflegten Rosenstock abgebrochen und ins Knopfloch gesteckt hatte – wie konnte sie nur damals so eitel sein, diesen Raub günstig für sich zu deuten! – Kam es nicht jeden Tag vor, daß die Burschen Hecken und Sträucher plünderten, um Hut und Rock zu schmücken? Welchem Mädchen wäre es wohl eingefallen, einen Liebesbeweis in dieser Gewalttätigkeit zu erblicken?...

Diese Gedanken jagten sich förmlich und verursachten dem armen Mädchen die bitterste Qual. Ihre Hände arbeiteten mechanisch fort, aber ihre Schläfen klopften fieberhaft... Es trieb sie, sich an die Brust der Mutter zu werfen und sich dort auszuweinen... Aber durfte sie so grausam sein, auf dies gramgebeugte Herz neuen Kummer zu laden?... Es half nichts, sie mußte ihr tiefes Weh allein tragen, und zum erstenmal in ihrem Leben sah sie sich gezwungen, die schwere Kunst zu üben, die eine glatte, ungetrübte Stirn, ein harmloses Lächeln verlangt, während das Herz in seinem Leide fast vergeht.

An diesen Entschluß knüpfte sich noch der feste Vorsatz, niemand in der Welt solle je diese Demütigung ihres Herzens erfahren, am allerwenigsten aber der, dem sie, wenn auch ganz ohne seine Schuld, diesen schwersten Kampf ihres Lebens verdankte.

Ihre Mutter trat zu ihr. Sie wollte schon jetzt ihre schwere Rolle beginnen und sah lächelnd auf – aber das war ein herzzerreißendes Lächeln, die zuckenden Lippen wollten sich nicht fügen. Rasch griff sie nach dem Notenblatt, das Frau Lindner auf das Nähtischchen legte.

»Der Schullehrer schickt dir hier den Psalm«, sagte die Mutter, »den du morgen in der Kirche singen sollst. Du möchtest heute abend hinüberkommen zur Probe.«

»Ich kann heute unmöglich singen, Mutter«, sagte Marie gepreßt. »Du weißt«, fügte sie verbessernd hinzu, »daß ich notwendig zu arbeiten habe... Ich kann den Psalm übrigens ganz gut, denn ich habe ihn beim Vater oft gesungen – er wird auch ohne Probe gehen.«

Und nun beugte sie sich auf ihre Arbeit und sprach kein Wort mehr, denn es wollte mit der Selbstbeherrschung doch nicht so gutgehen, wie sie gemeint hatte.

Der erste Kirmsenmorgen war da, und zwar so klar und schön, wie man nach dem gestrigen ungestümen Wetter nicht hätte vermuten können. War es doch, als sammle der Herbst, wie ein unten liegender Streiter, noch einmal alle Kräfte, um mit einem Schlag dem Winter den Sieg zu entreißen. Der Himmel zeigte sich tiefblau und wolkenlos, und warmer Sonnenschein lag über den öden Fluren wie das letzte, verklärende Lächeln auf dem Antlitz eines Sterbenden. Auf den Dächern sonnten sich in Reih und Glied die Tauben, emsig bemüht, unter kokettem Gurren ihr Federkleid auszustäuben und blank zu machen, und nur selten wagte hier und da ein bissiger Hofhund die sonntägliche Stille belfernd zu unterbrechen. Vor den Türen lehnten die Burschen in weißen Hemdärmeln, und drin vor dem kleinen Spiegel legten die Jungfern die letzte Hand an den Kirmsenstaat oder steckten den mützengekrönten Kopf durch das niedere Fenster, spähend, ob vielleicht schon »Kamerädinnen« draußen auf und ab spazierten.

Bald durchzitterte helles Glockengeläute die klare Morgenluft. Aus allen Häusern strömten die Kirchengänger, und von den Bergen stiegen die Bewohner der Filiale hernieder.

Marie trat, das Gesangbuch in der Hand und begleitet von ihrer kleinen Schwester, ins Gärtchen. Vielleicht nennt es mancher Leser psychologisch unrichtig, wenn ich sage, »sie war taufrisch wie eine junge Rose«; denn es ist althergebracht, daß die Heldin im Roman nach einem Herzenssturm, wie ihn Marie erlitten, bleich, angegriffen und deshalb um so interessanter erscheint. Ich kann jedoch mit dem besten Willen diesen Brauch nicht berücksichtigen, wenn ich wahr sein will. Maries Gesundheit war viel zu fest, ihre Jugendblüte zu kräftig, als daß eine schlaflose, durchwachte Nacht den Glanz ihrer Augen erlöschen und die rosige Frische auf ihren Wangen zerstören konnte – sie war nie schöner gewesen als heute.

Aus dem braunen, raschelnden Laub auf den Rabatten nickten noch einige blaue, vom Wind geschonte Zwergastern; die pflückte sie und trat dann durch die kleine Gartentür auf den Kirchhof. Wie gern aber wäre sie ebenso schnell geflohen und hätte sich hinter der Mauer geborgen, wenn es nur nicht gar so auffällig gewesen wäre; denn seitwärts, den ziemlich steilen Bergweg herauf, kam die Schulzenfamilie, in der Mitte Frau Sanner und ihr Sohn. Alle erwiderten ihren ernsten Gruß sehr freundlich, nur Margarete ging ziemlich hochmütig an Josephs Seite vorüber.

Oh, wie zuckte Maries Herz, wie bäumten sich ihre aufgeregten Gefühle gegen den schwachen Damm der Selbstbeherrschung!...

Mit umflorten Blicken trat sie in die Kirche, wo ihr schon voller Orgelton entgegenscholl. Noch nie hatte dieser erhabene Klang seine Wirkung auf ihr Gemüt verfehlt, und so stieg sie denn auch jetzt, wunderbar schnell gefaßt und erhoben, die Treppe hinauf, die zum Chor führte.

Der erste Choral war verhallt. Der Geistliche hatte die Liturgie gesprochen, und nun begann Marie den Psalm. Der erste Ton, glockenrein und voll, bebte von ihren Lippen. Der mächtige Widerhall ihres wirklich schönen Soprans wirkte erschütternd, aber auch begeisternd auf sie zurück, und sie schwebte, all ihr Leid vergessend, selig auf den Wellen des Gesanges, der ihr ja von jeher als das Herrlichste in der Welt erschienen war – sie sang einfach, aber tief ergreifend.

Als der letzte Ton verklungen war, blickte sie auf; aber im Innersten erbebend, senkte sie schnell den Blick wieder zu Boden und wandte sich zum Gehen. Nicht weit von ihr saß Joseph. Über die Brüstung geneigt, schien er alles um sich zu vergessen – sein Blick haftete unverwandt und glutvoll auf ihrem Gesicht –, wie tief bewegt waren seine Züge!... Was hätte sie nicht darum gegeben, wenn es ihr vergönnt gewesen wäre, noch einmal hinüberzusehen, um sich ganz gewiß zu überzeugen, ob dieser Blick auch wirklich ihr gegolten habe oder ob es vielleicht nur ein Spiel ihrer Einbildungskraft war. Aber sie mußte fort, mußte hinunter in die Weiberstühle, denn die Predigt begann bereits.

Als sie nach Beendigung des Gottesdienstes aus der Kirchtür trat, eilte ihr auf dem Friedhof ein hübsches junges Frauenzimmer in städtischer Tracht entgegen und umarmte sie herzlich. Es war Anna, die einzige Tochter des Wirtes, die seit ihren Kinderjahren in der Stadt bei einer alten, kinderlosen, aber sehr vermögenden Muhme lebte, aus welch letzterem Grunde der Tannenwirt seine Tochter sehr gern bei ihr wußte.

»Marie«, sagte Anna leise, aber dringend, »ich gehe jetzt gleich mit zu euch hinüber. Glaube mir, ich halte es nicht länger aus – monatelange Trennung!... Ich meinte schon, ich müsse vergehen vor Sehnsucht.«

»Aber dein Vater?«

»Er weiß darum. Zwar brummte er gewaltig, wie immer, als ich ihm ankündigte, daß ich dich jedenfalls besuchen würde; aber da die Muhme vorbat und erklärte, daß auch sie heute nachmittag zu deiner Mutter gehen wolle, da schwieg er... Komm nur, komm!... Ich bin auf der Folter!«

Beide huschten in das Haus, und so konnte Marie nicht sehen, daß Margarete mit den Ihrigen und Frau Sanner allein nach Hause gehen mußte. Sie tat dies mit einem schmollenden, mürrischen Gesicht und wandte sich oft zurück nach dem Kirchhof, wo Joseph anscheinend sehr eifrig die Inschriften der Leichensteine studierte.

Nachmittags waren Anna und ihre Muhme bei der Schulmeisterin. Anna hatte den kleinen Pflegling auf dem Arm und sprang singend und lachend mit ihm in der Stube herum. Die Muhme und Frau Lindner saßen gemütlich plaudernd am Fenster, und letztere war zum erstenmal nach langer Zeit ganz vergnügt und aufgeheitert. Es tat ihrem Herzen unendlich wohl zu sehen, daß es Leute gab, die an ihre Unschuld glaubten und dies ungescheut an den Tag legten.

Draußen zogen die Burschen und Mädchen unter schmetternder Musik und unaufhörlichem Juchheschreien nach dem Tanzboden... Na, das gab eine Pracht! Die Tanzjungfern strahlten förmlich mit ihren goldenen Ketten, Nadeln, reichgestickten Mützenstückchen, so daß die kleine Christel entzückt meinte, man könne gar nicht lange hinsehen, denn es flunkere einem ordentlich vor den Augen.

Am prächtigsten und in den Augen der Ringelshäuser am schönsten aber war die rotbackige Schulzens Margarete. Die schritt einmal stolz daher im seidenen Kleide und von zahlreichen Haubenbändern umrauscht, die an Schwere und Breite alles übertrafen, was Ringelshausen jemals in seinem Bereiche gesehen. Joseph ging an ihrer Seite. Sie blickte lächelnd und vertraulich zu ihm auf; aber er schritt so still und einsilbig dahin, daß sie sich endlich unwillig abwandte.

»Schulzens können sich über den künftigen Schwiegersohn freuen«, sagte die alte Muhme, indem sie dem Paar nachsah. »Ich kenne die Frau Sanner recht gut – sie besucht mich öfter und ist eine ganz prächtige Frau... Da steckt ein Vermögen! Ich glaube, die weiß selbst nicht, wieviel sie hat... Der Joseph ist ein bildschöner, grundgescheiter Mensch, aber ein wenig sonderbar. Er war früher öfter bei mir, als er in der Stadt die Schule besuchte – seine Lehrer lobten ihn gar sehr – den sollten Sie einmal Klavier spielen hören, Schulmeisterin!... Der könnte sich in A. die Schönste und Reichste aussuchen – er kriegte sie; darauf können Sie sich verlassen; aber nie hat er vom Heiraten hören wollen... Warum er nun gerade die Margarete nimmt, begreife ich eigentlich nicht so recht.«

»Da ist also die Sache im reinen?« fragte die Schulmeisterin.

»Seine Mutter wenigstens, mit der ich heute in der Kirche sprach, leugnete nicht viel«, entgegnete die Muhme.

Marie hörte dies Gespräch wie im Traume. Ihr Herz war zum Ersticken gepreßt. Sie schlich hinaus ins Gärtchen, um sich recht satt zu weinen. Hier fand sie wenigstens in der sterbenden Natur ein Echo für ihren Schmerz... Auf der Gegend lag spätherbstlicher Duft. Die Luft war so still, daß man das Rollen weit entfernter Wagen und die taktmäßigen Schläge der Holzhauer droben in den Wäldern deutlich hören konnte. Bisweilen fiel ein vereinsamtes, gelbes Blatt, langsam sich drehend, zu Maries Füßen, oder ein kleiner Emmerling hüpfte geräuschvoll durch das knisternde Laub auf den Beeten.

Das junge Mädchen hatte sich an die Kirchhofsmauer gelehnt. Ihre Hand lag auf derselben und zupfte mechanisch an dem Gras, das dürr und trocken aus den Steinspalten hervorsah, während ihr Auge über den Kirchhof glitt... Dort, das kleine Kirchenfenster war genau hinter dem Platz, wo Joseph heute morgen gesessen, von wo aus er mit einem so unerklärlich wunderbaren Ausdruck nach ihr hinübergeschaut hatte. Mit schmerzlicher Freude haftete ihr Blick an jener Stelle – war sie doch einen Augenblick unaussprechlich glücklich da drüben gewesen! Freilich nur einen Augenblick; denn ihr Verstand sagte ihr gleich nachher, daß sie sich geirrt haben müsse und daß es sündhaft sei, nachzugrübeln und das Wahrgenommene günstig für sich zu deuten, da ja bereits eine andere gegründete Rechte auf den geliebten Mann hatte... Joseph liebte die Musik; er sang selbst so hübsch – war es da wohl ein Wunder, wenn er so gespannt und aufmerksam der Kirchenmusik folgte? Hätte eine andere an ihrem Platze gestanden, er würde gewiß ebenso hinübergesehen haben.

Auf diese Weise bemühte sie sich, wenn auch unter unaussprechlichem Leid, jeden Hoffnungskeim zu ersticken und alles, was sie während der kurzen Zeit ihres glückseligen Traumes in ihrem Herzen gehegt und bewahrt hatte, unbarmherzig zu vernichten.

Sie hatte wie träumend die Augen geschlossen. Aber wie erschrak sie, als eine warme Hand sich auf die ihrige legte! Mit einem lauten Schrei fuhr sie in die Höhe und traute ihren Sinnen kaum – Joseph stand vor ihr, nur durch die dünne, niedere Mauer von ihr getrennt.

»Seid nicht böse – ich wollte Euch gewiß nicht erschrecken«, sagte er mit einer so bittenden, weichen Stimme, wie sie Marie bei seinen trotzigen, kühnen Zügen nimmermehr vermutet hätte.

Als sie schwieg – aus dem einfachen Grunde, weil ihre Zunge wie gelähmt war –, trat er dicht an die Mauer und beugte sich tief, um in ihr gesenktes Gesicht blicken zu können.

»Gönnt mir doch wenigstens ein Wort«, bat er beklommen. »Wenn Ihr so eiskalt und ernsthaft dasteht – wo soll ich den Mut hernehmen zu sprechen?... Seht, ich kann es nicht mehr zählen, wie oft ich schon über den Kirchhof gegangen bin, nur mit dem Gedanken, Euch einmal sprechen zu können... Ihr lebt so zurückgezogen, daß man Euch nie begegnet, und ich muß deshalb auch denken, daß Ihr mich gar nicht kennt.«

Marie gewann allmählich ihre Fassung wieder. Ihr Vorsatz, sich so zu beherrschen, daß Joseph ihre unglückliche Neigung nie ahnen solle, trat mit einemmal fest vor ihre Seele – sie stand vor Margaretes Bräutigam, dieser Gedanke stählte sie.

»Ich kenne Euch wohl; Euer Bruder hat des Schulzen Katharine zur Frau«, entgegnete sie ruhig. »Sprecht nur. Wenn ich mir auch nicht denken kann, was Ihr wollt, so will ich Euch doch herzlich gern auf Eure Fragen Bescheid geben.«

Ihr Ernst schien den jungen Mann ein wenig außer Fassung zu bringen. Er errötete und strich langsam mit der Hand über sein glänzendes Haar. Endlich, nach einem peinlichen Schweigen, begann er: »Ihr habt heute früh so wunderschön gesungen – mir geht Gesang über alles. Wie Eure Stimme aber, so habe ich noch keine gehört – das mußte ich Euch sagen.«

»Wenn Euch die Musik gefallen hat«, antwortete Marie, »so ist das gar nicht mein Verdienst – der Psalm ist so schön – Ihr singt ja auch?«

»Habt Ihr mich gehört?«

»Ja, bei der Katharine ihrer Hochzeit.«

»Ihr waret ja nicht dabei.«

»Freilich nicht – aber Eure Stimme klang laut genug – ich hab' deutlich gehört, daß Ihr gut singt.«

»Woher wißt Ihr denn, daß ich's war?«

»Der Mond schien ja so hell...«

»Ach – und da habt Ihr hinübergesehen?« unterbrach sie Joseph mit strahlenden Blicken.

Wie ungeschickt! – Sie hatte sich verraten. Noch konnte sie jedoch einlenken.

»Nun, das ist doch eben kein Wunder. Wenn ich ans Fenster trat, *mußte* ich Euch ja sehen – Ihr saßet ja gerade gegenüber.«

Sie sprach diese Worte so gleichgültig wie nur möglich. Der junge Mann senkte traurig den Kopf und schwieg.

Sie meinte innerlich, nun habe sie wohl lange genug dagestanden.

Er schien nichts mehr sagen zu wollen, und doch ging er auch nicht fort. Ihre Lage wurde immer peinlicher, so daß sie endlich einen Schritt zurücktrat und verlegen sagte: »Ich werde nun wohl hineingehen müssen – wir haben Gäste. Auch ist's nicht ratsam für Euch, so lange hier zu stehen – die Nachbarn sind bös... Wenn Euch jemand hier sieht, so könnt Ihr bei Schulzens großen Schaden davon haben.«

»Nun, und was kümmert mich das?«

Marie sah hastig und erstaunt auf. Sein Ton klang so merkwürdig gleichgültig und kalt.

»Ihr sprecht recht sonderbar«, sagte sie betroffen. »Ich meine, Ihr solltet nicht so unhöflich gegen die Leute sein, wo Ihr zu Gast seid – und Margarete...«

Sie geriet immer mehr ins Stocken – sah sie doch der Joseph so eigentümlich an, daß sie nicht mehr wußte, wo sie ihre Blicke hinwenden sollte.

»Margarete?« fragte er lächelnd. »Was hätte denn die dabei zu sagen?«

»Ihr versteht mich ganz und gar nicht!« rief das junge Mädchen jetzt aufgeregt und im Begriff, die mühsam behauptete Fassung zu verlieren. »Oder Ihr wollt Euch einen Spaß mit mir erlauben, und das dürft Ihr doch wahrhaftig nicht.«

Bei diesen Worten traten Tränen in ihre Augen. Er faßte erschrocken ihre Hand.

»Das glaubt Ihr nicht im Ernst von mir – so sehe ich doch wohl nicht aus«, sagte er rasch.

»Nun ja – ich muß wohl so denken«, antwortete sie ruhiger, indem sie ihre Hand zurückzog, »denn ich habe so deutlich gesprochen, daß Ihr mich nicht anders verstehen konntet.«

»So sagt mir nur um alles in der Welt, was hat denn Margarete mit meinem Hiersein zu schaffen?... Glaubt Ihr denn, ich frage des Schulzen Töchter um Rat und Erlaubnis, wenn ich ausgehen will?«

»Ja, ich meine allerdings, daß Eure Braut das von Euch verlangen kann.«

»Meine Braut?... Ja, wer ist denn die?«

»Nein, das geht zu weit!... Wollt Ihr Eure Neckerei so weit treiben, daß ich Euch noch den Namen sagen soll?«

»Sagt ihn, sagt ihn – denn ich weiß ihn nicht! Aber ich müßte auf den Kopf gefallen sein, wenn ich aus Euren Reden nicht merken sollte, daß mir die Ringelshäuser Klatschweiber Margarete als Braut zuweisen – da irren sich die Leute aber stark –, habt Ihr das wirklich von mir geglaubt, Marie?«

»Ja, warum sollte ich denn nicht?... O mein Gott!... Aber seid Ihr denn nicht öfter zu Schulzens auf Besuch gekommen?«

»Habt Ihr das bemerkt?« fragte Joseph rasch, und sein leuchtender Blick hing an ihrem Munde.

»Die – Nachbarin sagte es.«

»Nun – und mußte denn das gerade Margaretes wegen sein?«

Er hielt einen Augenblick inne, während er sie mit brennenden Blicken betrachtete.

»Könnt Ihr Euch gar nicht denken, was mich immer wieder hierherzog?« fuhr er fort. »Seht mich nur ein einziges Mal freundlich an, und ich sage es Euch!«

Joseph bog sich bei diesen Worten über die Mauer und drückte die Hand des jungen Mädchens leidenschaftlich an sich. Um Maries Selbstbeherrschung war es jetzt geschehen. Dieser Mann, dem ihr ganzes Herz entgegenschlug, er war frei, frei!... Ihre Seele jauchzte – er stand vor ihr und bettelte um einen freundlichen Blick, er, der ihr noch vor wenigen Stunden unerreichbar fern gestanden, er, den die Nachbarin stolz wie einen Edelmann genannt hatte!... Sie erfüllte seine Bitte und sah schüchtern zu ihm auf.

»Ach – Ihr wollt es wissen?« rief er, und seine Stimme bebte vor innerer Aufregung. »Ich darf sprechen, wie mir ums Herz ist?... Seht, eine unglückliche Frau wurde von einem ehrlosen Buben beleidigt. Es standen viele Leute da, aber keiner nahm sich ihrer an... Da kam plötzlich ein schönes Mädchen – mir war's, als sähe ich den Engel mit dem feurigen Schwert!... Und als sie nun sprach, so gewaltig und furchtlos, und ich sah in ihre Augen, da fuhr es mir durch das Herz, und seitdem ist mir, als hätte ich bis dahin in Blindheit gelebt... Ich hatte von dem Augenblick an im eigenen Hause keine Ruhe mehr. Ich ritt nach Ringelshausen, so oft ich konnte... Der Schullehrer, Euer alter Freund, Marie, mußte mir dann von Euch erzählen – von seinem Fenster aus konnte ich das Gärtchen hier übersehen... Dann saget Ihr zuweilen da drunten am schmalen Weg, unter dem Apfelbaum. Niemals ruhte die Nadel in Eurer flinken Hand; dabei überhörtet Ihr die Aufgabe der kleinen Schwester und konntet sehr ernst aussehen, wenn die Sache nicht recht ging. Oder Ihr verscheuchtet die Fliegen von dem kleinen Kind, das neben Euch im Korbwagen schlief... Ich sah Euch aber noch lieber, wenn Ihr da droben am Dachfenster einsam standet, da, wo Ihr Nelken und Reseda in Töpfen zieht – da blickten Eure Augen hell in die weite Welt hinein, Euer Gesicht sah so glücklich aus, und ich wünschte dann allemal, Ihr möchtet in einem solchen Augenblick – an *mich* denken.«

Marie barg ihr erglühendes Gesicht in beiden Händen – sie hatte ja da droben stets die Richtung gesucht, in der Wallersdorf liegen mußte; die Dachluke mit ihrer Aussicht in die weite Welt war das stille Plätzchen gewesen, wo sie sich am ungestörtesten den Gedanken an ihn hingegeben hatte...

Er schwieg einen Augenblick; dann fuhr er hastiger, aber leiser fort: »Mein Herz war bis zu jenem Tage frei geblieben – frei wie der Falk in der Luft... ja, ich glaube, es war hochmütig, es wollte sich nicht unterwerfen –, und jetzt, was täte ich nicht, um die zu gewinnen, ohne die ich nicht mehr leben kann – ich ginge durch die Hölle, wenn es sein müßte!«

Marie war unwillkürlich und erschreckt zurückgewichen, denn er hatte die letzten Worte so leidenschaftlich herausgestoßen. Er aber hielt ihre Hände fest und zog sie näher an sich.

»Gehe jetzt um Gottes willen nicht fort!... Ich bin ein heftiger Mensch!« rief er. Als sie aber scheu zu ihm aufsah, da schmolz sein Blick, und seine Stimme wurde weich.

»Nein«, sagte er, »fürchten darfst du dich nicht... Wie könnte ich dir etwas zuleide tun, dir, die ich so lieb habe – so lieb, daß es nicht auszusprechen ist!... Jetzt ist's gesagt... jetzt weißt du, was ich von dir will. Aber ich sage dir auch – ich gehe nicht eher von dieser Stelle, bis du entschieden hast, was mit mir werden soll!«

Mit welchem Ausdruck sprach er!... Wie glühte sein Gesicht vor innerer Bewegung!... Marie schwindelte es. So plötzlich dem Schmerz der Entsagung entrissen und auf den Gipfel eines unaussprechlichen Glückes gehoben, schien es ihr ganz unmöglich, an dasselbe zu glauben, und doch – stand er nicht da vor ihren Augen, ihre beiden Hände krampfhaft drückend und mit wahrer Seelenangst ihren Ausspruch erwartend? Durfte sie da auch nur um einen Augenblick die Gewährung verzögern, ohne sich schwer an ihm zu versündigen?... Es bedurfte übrigens der Worte gar nicht, die ihr unsäglich schwer wurden – sie blickte auf, und er las sein Glück in ihren verklärten Zügen – mit einem Satz sprang er über die Mauer und zog jauchzend das Mädchen an sein Herz...

»Aber deine Mutter, was wird die dazu sagen?« fragte Marie, plötzlich aufschreckend, mit beklommener Stimme – der Gedanke schien ihr schwer aufs Herz zu fallen.

»Die wird sich freuen, endlich eine Tochter ins Haus zu bekommen – und was für eine!... Sie ist die beste Mutter unter der Sonne und will nur mein Glück – sie wird sehr bald begreifen, daß ich das nur bei dir finden kann. Still«, sagte er, als das junge Mädchen zu einem abermaligen Einwand die Lippen öffnete, »das ist die schönste Stunde meines Lebens, und die sollst du mir nicht verderben mit deinen Zweifeln... Ich habe dir gesagt, ich liebe dich, und das heißt soviel als: Ich gebe dich nicht wieder her, und wenn Himmel und Hölle gegen mich sind.«

»Um Gottes willen, Joseph, sprich nicht so frevelhaft!«

»Nun, dann sei auch du hübsch artig und folgsam... Sieh mich freundlich an, und du sollst sehen, das wird immer Wunder bei mir wirken.«

Er hob ihr liebliches Gesicht so, daß der letzte Sonnenstrahl darauffiel, und vertiefte sich förmlich in die schamerglühten Züge. Wahrscheinlich würde erst die Nacht diesen eifrigen physiognomischen Studien ein Ende gemacht haben, wenn nicht Frau Lindner laut nach ihrer Tochter gerufen hätte. Joseph wollte bleiben, denn er meinte, die Mutter dürfe ja alles wissen. Aber Marie bat ihn, ihr das zu überlassen – sie müsse sich erst sammeln und verspare deshalb auch das Geständnis auf den anderen Morgen.

Nachdem ihr Joseph das Versprechen abgenommen hatte, morgen in aller Frühe an der Mauer zu sein, weil seine Mutter sehr bald Ringelshausen wieder verlassen wolle und nur er sie fahren dürfe, trennten sie sich, gegenseitig sich zuwinkend, bis keines das andere mehr sehen konnte.

In welcher Aufregung Marie sich befand, als sie das Stübchen wieder betrat, das wird sich der Leser wohl vorstellen können. Anna und die Muhme waren im Begriff fortzugehen, denn sie wollten noch nach der Stadt zurück. Marie erhielt einen sanften Verweis von der Mutter, daß sie gegen alle Sitte und Höflichkeit fortgegangen war. Sie ließ alles geduldig über sich ergehen – die Mutter hatte ja recht –, ach, wieviel Ärgerem hätte sie sich unterworfen, denn sie war ja so glückselig. Wie beflügelt war ihr Gang. Sie mochte jedem um den Hals fallen und ihm ihr süßes Geheimnis mitteilen, und doch hätte sie gerade jetzt um alles die Worte nicht dazu gefunden.

Wäre Frau Lindner nicht mit all dem, was ihr die Muhme erzählt, so sehr beschäftigt gewesen, sie hätte sehen müssen, daß eine auffallende Veränderung mit ihrer Tochter vorgegangen sei. Marie war so zerstreut und in sich versunken, daß die kleine Christel zweimal bitten mußte, sie doch hinüber ins Bett zu bringen, und dann faßte sie die Kleine, ganz gegen ihre sonst so sanfte Art und Weise, ungestüm bei der Hand und zog sie in die Kammer.

Als Christel ihr Abendgebet gesprochen hatte, schlang sie ihre Arme um Maries Hals, die vorsorglich die Decke über das Schwesterchen breitete, und sagte leise: »Höre, Marie, ich muß dir noch was sagen.«

»Nu, da sag's, Christelchen.«

»Wie ich heute mit Müllers Lenchen auf dem Tanzboden war, da hab' ich auch Mamsell Dore und Frau Sanner gesehen. Die saßen gerade bei der Tür, wo alle Kinder standen und zusahen. Da sagte Mamsell Dore auf einmal: ›Na, Frau Sanner, wo steckt denn eigentlich der Joseph, man sieht ihn ja nirgends?‹ – ›Ei, Mamsell Dore‹, sagte des Müllers Lenchen, ›wissen Sie's denn nicht? Der steht ja droben bei Schulmeisters Marie.‹

Guck«, unterbrach sich hier die Kleine, »ich war noch einmal bei den Ziegen, eh' ich auf den Tanzboden ging, und da war Müllers Lenchen auch mit. Auf einmal sagte die: ›Du, dort steht ja Sanners Joseph bei deiner Marie!‹ – und das war richtig so. «

Marie errötete in heißer Scham, daß die Kinder Zeugen des Zusammentreffens gewesen waren, noch mehr aber erschrak sie über Lenchens Plauderei.

»Wie das Lenchen sagte«, fuhr Christel fort, »da wurde doch auch die Margarete wie eine geweißte Wand und ging fort, ohne daß sie auch nur ein Wörtchen herausgebracht hätte. Der Wirt und der Schulze waren auch dabei. Der Wirt schlug eine helle Lache auf, so daß ich ordentlich zusammenfuhr, und der Schulze machte ein Gesicht – na, ich kann dir gar nicht sagen, wie schlimm. Da sagte Mamsell Dore: ›Ei, Frau Sanner, da darf man ja wohl gratulieren?‹, und der Wirt meinte, da käme sie ja in eine recht saubere Verwandtschaft. Aber Frau Sanner sagte – warte nur, wie sagte sie doch gleich – ja, so war's, ich hab' jedes Wörtchen gemerkt: ›Was meint Ihr denn wohl, Mamsell Dore? Eure Gratulation ist ganz am unrechten Platze. Mein Sohn wird der Schullehrerstochter zufällig begegnet sein. So weit vergißt sich der nie, mir eine Schwiegertochter ins Haus zu bringen, die keinen ehrlichen Namen hat. Und selbst wenn er das wollte, so würde ich's nicht leiden – das bin ich meinem sel'gen Mann unter der Erde noch schuldig –, denn der hat durch sein ganzes Leben streng auf Ehre und Reputation gehalten.‹«

»Guck, Marie«, sagte die Kleine weiter, »die Frau Sanner hat immer ein so gutes Gesicht; aber wie sie das sagte, war sie recht böse... Gleich darauf kam auch der Joseph herein, der war aber so vergnügt, als ob die ganze Welt sein wäre. Er bestellte beim Wirt einen ganzen Eimer Bier; denn er wollte alle Burschen freihalten, sagte er... Weiter habe ich nachher nichts mehr gehört«, fuhr Christel fort, »denn die Mutter ließ mich vom Tanzboden heimholen... Siehst du, das war's, was ich dir noch erzählen wollte... Na, gute Nacht, Marie!«

Marie lehnte starr, wie ein Steinbild, am Bett des Kindes – nur ihre Hand fuhr mechanisch nach dem Herzen - es stand fast still unter dem entsetzlichen Schlag, der so unerwartet alle geträumte Glückseligkeit zerschmetterte... Sie habe keinen ehrlichen Namen mehr, hatte die Frau gesagt. Oh, barmherziger Gott, man hatte ihr das einzige geraubt, was sie besessen, was sie behütet mit wachsamem Auge wie ein Heiligtum – verloren, verloren, wenn auch ohne Schuld!... Und dieser Verlust zog noch einen anderen nach sich – einen unsäglich bitteren – sie mußte Joseph entsagen. Dieser Gedanke raubte ihr alle Selbstbeherrschung – sie stürzte hinaus ins Gärtchen und lief durch den schmalen Weg. Unten am Apfelbaume stand sie still und bog sich über den Zaun. Durch die dunkle Nacht schimmerten die trüben Lichter des Tanzbodens herüber, und die hellen, schneidenden Töne der Trompete, vermischt mit dem Johlen und Stampfen der Kirmsenburschen, durchschnitten die Luft.

Das junge Mädchen starrte mit heißen, tränenlosen Augen hinüber... Dort stand er vielleicht in diesem Augenblick, umringt von den böswilligen Menschen, die seine Liebe zu der übelberufenen

Schulmeisterstochter in den Staub zu reißen suchten, sie lächerlich machten und alles aufboten, ihn von seinem Vorsatz abzubringen... Und die Mutter erinnerte ihn wohl an den strengen, rechtlichen Vater, an ihr eigenes reines Leben, an den Namen, den er trug und an welchem auch nicht der leiseste Makel haftete. Sie sagte sich mit einem Gemisch von Luft und unsäglichem Schmerz, daß das alles nichts helfen und daß er eher einen Kampf mit der ganzen Welt aufnehmen als von ihr lassen würde. Ihr Glaube an seine Liebe war unerschütterlich, aber gerade diese Überzeugung machte ihr auch den Weg, den ihr das Gewissen unerbittlich vorschrieb, zu einem entsetzlichen.

Das trübe Morgenlicht, das heute nur mühsam durch graue Nebelschichten drang, fand Marie an der Kirchhofsmauer. – Das Ergebnis der qualvollen Kämpfe, die während der durchwachten Nacht ihr Inneres durchstürmt hatten war eine scheinbare äußere Ruhe – und die brauchte sie, denn sie hatte eine unsagbar schwere Aufgabe zu erfüllen... Sie wußte, daß *sie* gezwungen sei, das Band zu zerreißen, welches der Mutter des Geliebten so verhaßt war... Im Fieber der Verzweiflung hatte sie anfänglich während der schlaflosen Stunden eine Menge Pläne verfolgt, die eine Vereinigung mit Joseph ermöglichen sollten. Immer wieder aber siegte ihr besseres Selbst und der ihr von ihrem Vater unauslöschlich eingeprägte Grundsatz: Ehre Vater und Mutter, auf daß es dir wohlgehe... Wie hätte sie nun Joseph verleiten mögen, seine Mutter so tief zu betrüben und gegen ihren Willen zu handeln? Auch das Gefühl ihrer weiblichen Würde erwachte. War es nicht eine Erniedrigung, dieser Frau, die sie auf ein bloßes Gerücht hin so streng beurteilte und verachtete, sich aufzudrängen? Mußte sie nicht damit deren üble Meinung bestärken?... Ja, wenn die alte Frau sie verschmähte, bloß weil sie arm war, dann wäre es ein anderes gewesen – dann hätten ihre fleißigen Hände, ihr guter Wille einigen Ersatz bieten können. Was aber ersetzt einen ehrlichen Namen?... In dieser Nacht war es ihr zur Gewißheit geworden, daß Frau Sanner ihren Ruf nicht allein durch das Vorhandensein des Kindes in ihrem Hause für befleckt hielt, sondern auch durch den schmachvollen Verdacht, der auf ihrer Mutter lastete. Das erstere *mußte* die Zukunft aufklären – was aber das letztere betraf, so gab es keine Hoffnung mehr...

Diese Erwägungen hatten nach und nach ihrem zerrissenen Gemüt einen festeren Halt gegeben, so daß sie sich zuletzt die Kraft zutraute, ihr Versprechen zu halten und an die Mauer zu gehen, was ihr erst fast unmöglich geschienen hatte. Ja, sie gewann es sogar über sich, ruhig zu scheinen, wenn sie auch zu Tode erschrak und sich an den Zweigen eines danebenstehenden Kirschbäumchens halten mußte, als sie nach einigem Warten Joseph über den Kirchhof fliegen sah.

Er eilte, einen wahren Sonnenglanz von Glückseligkeit in den Augen, mit ausgebreiteten Armen auf sie zu und zog sie an seine Brust. Er küßte sie auf beide Augen, auf Stirn und Lippen und flüsterte die zärtlichsten Schmeichelnamen... Ihr kam der Wunsch, sie möchte so sterben, und fast brach auch ihr Herz unter dem Gemisch von Lust und Leid.

»Hast du lange warten müssen, mein Liebchen?« begann er endlich. »Verzeih mir's... Der Schulze hielt mich mit langweiligen Reden so lange auf. Ich stand wie auf Kohlen und lief endlich fort – mag er denken, was er will!«

»Nun, und deine Mutter?... Mit der hast du wohl gar noch nicht gesprochen?« fragte Marie mit unsicherer Stimme, aber Joseph fest in die Augen blickend.

Er stutzte und zögerte mit der Antwort.

»Na, sprich nur, Joseph«, sagte das junge Mädchen ganz ruhig, »ich bin auf alles gefaßt.«

»Wie du sonderbar bist – auf was brauchst du dich denn gefaßt zu machen?... Lügen war nie meine Sache, und deshalb will ich dir auch gar nicht verheimlichen, daß ich gestern abend noch einen recht ärgerlichen Auftritt mit meiner Mutter hatte... Der elende Schuft, der Tannenwirt, hat der alten Frau allerlei vorgeschwatzt und ihr alberne Dinge in den Kopf gesetzt, die ich mit aller Mühe und allen Vernunftgründen nicht wieder herausbrachte.«

»Er hat auch meinen guten Namen verlästert, nicht wahr, Joseph?«

»Laß das doch sein, Marie, laß ihn doch schwatzen; wenn ich's nur nicht glaube... Ich kenne freilich die Verhältnisse nicht, aber

wenn deine Mutter in bezug auf das fremde Kind die Leute aufklären könnte, so sollte mir's lieb sein, nicht meinetwegen – versteh
mich recht, Marie, mein Glaube an dich ist fest –. aber wegen meiner Mutter möchte ich's wünschen.«

»Das geht nicht, Joseph... Das Glück der Eltern und die Zukunft
des Kindes hängen von unserem Schweigen ab, und nichts in der
Welt wird meine Mutter und mich zwingen, unser gegebenes Wort
zu brechen!... Will der liebe Gott, daß ich dieser Sache wegen mein
Lebensglück opfern soll, so muß ich's geduldig über mich ergehen
lassen – durch Treulosigkeit kann ich auch nicht glücklich werden.«

»Aber, wo gerätst du denn hin, Marie? Wer spricht denn von einem Opfer?... Geht es nicht an, gut, so schweigen wir und lassen die
Leute reden, was sie wollen – das soll doch nun einmal unser Glück
ganz und gar nicht stören... Sieh«, fuhr er fort und schlang seinen
Arm zärtlich um das Mädchen, »ich bin selbständig, bin in jeder
Hinsicht unabhängig von meiner Mutter, denn ich besitze ein vom
Vater ererbtes Gut. Dorthin führe ich dich als meine junge Frau –
dort sollst du schalten und walten und mich über alle Maßen glücklich machen... Nichts wird uns fehlen...«

»Nichts als der Segen deiner Mutter!« unterbrach ihn Marie, der
dies Vorführen künftiger Seligkeit, die sie nie genießen sollte, das
Herz zerriß. – »Aus dem, was du mir eben sagtest«, fuhr sie fort,
»geht hervor, daß sie ihre Einwilligung nicht gibt.«

»Nun, und wenn auch?«

»Wie, du sagst das so gleichmütig?... Du wärest im Ernste fähig,
deine alte Mutter, deren alles du bist, die nur für dich lebt, trotzig
zu verlassen?«

»Höre, Marie«, sagte er nachdrücklich, und seine Stimme klang
noch tiefer als gewöhnlich, »ich bin bisher ein treugehorsamer Sohn
gewesen, habe alles getan, was ich meiner Mutter an den Augen
absehen konnte, ja, ich glaubte früher, so wie sie könne ich gar niemand wieder lieben. Das hat sich aber gewaltig geändert – du gehst
mir über alles –, ich weiß, daß ich ohne dich elend werden muß. Da
hat der kindliche Gehorsam ein Ende, wenn die Eltern, an einem
Vorurteil hängend, das ganze Lebensglück der Kinder zerstören
wollen.«

»Ach, Joseph, deine Mutter ist nicht allein zu berücksichtigen – auch die meine. Sie ist streng rechtlich und wird mir sagen – ich weiß es vorher, denn mir sagt es mein Gewissen, und das spricht stets wie sie –, es sei Sünde, einer so vortrefflichen Mutter den Sohn zu entreißen; und dann wird sie sich anklagen und sich namenlos unglücklich fühlen, durch eine vorschnelle Handlung – denn das ist doch wohl die Aufnahme des Kindes in unser Haus – sowie durch den schrecklichen Verdacht, der auf ihr ruht, dich und mich elend gemacht zu haben. Aus dem Grunde, Joseph, darf meine Mutter nie erfahren, was zwischen uns abgemacht war, und wir... wir wollen das auch zu vergessen suchen.«

Joseph stand erst wie versteinert, dann schleuderte er Maries Hand, die sie ihm tiefbewegt bot, von sich und stieß ein so entsetzliches Lachen aus, daß das junge Mädchen schauderte.

»Wie du das so leicht sagst!« knirschte er. »Ich möchte es nicht einmal denken, weil es mich um den Verstand bringt... und du?... Ja, ja, du hast mich gern, aber wie?... Wenn sich die Verhältnisse dieser Liebe nicht gleich anpassen lassen, so streift man sie ab, wie einen Rock, den der Schneider nicht recht gemacht hat... Ha, ha... vielleicht hast du auch über Nacht dein Gelöbnis bereut – schwach sind die Weiber alle!«

»Joseph, Gott mag dir vergeben! – Du versündigst dich grausam an mir!«

»So?... Ich soll wohl auch noch die Hand streicheln, die mich umbringt?«

»Ich bitte dich um Gottes willen, mäßige dich!«

»Nein und abermals nein!... Du freilich kannst nicht begreifen, was ich leide. Dir genügt die Erfüllung deiner Pflichten. Da kommt zuerst deine Mutter, dann die meine, dann kommen ganz wildfremde Menschen, und zuletzt bleibt ein armseliges Plätzchen für mich, wofür ich mich auch noch schön bedanken soll... Du hast gelogen, hast schändlich an mir gehandelt! Du bist eine Heuchlerin, die kein Herz hat... aber du sollst mich kennenlernen... du gehörst mir für Zeit und Ewigkeit!... Denke ja nicht, daß du je in deinem Leben loskommst – eher gibt es Mord und Totschlag!«

Marie ließ diesen Sturm der Leidenschaft widerstandslos über sich dahinrasen. Jedes beschwichtigende Wort entflammte Josephs Wut immer mehr und brachte ihn außer sich. Auch schwand ihre künstlich aufrechterhaltene Ruhe immer mehr vor der Macht dieser Leidenschaft, deren Höhe sie nicht geahnt hatte... Gerechter Gott, wie wurde sie geliebt!... Und diesem Glück sollte sie entsagen?... Es war ein übermenschliches Opfer, und doch mußte es gebracht werden. Sie durfte Joseph unmöglich in dem Vorsatz, seine Mutter zu verlassen, bestärken, und daß diese wiederum nicht nachgeben würde, das wurde ihr aus seinem Reden klar... Sie konnte und durfte ja der alten Frau nicht einmal unrecht geben, denn einen geachteten, unbescholtenen Namen mit einem befleckten zu verbinden, davor wird selbst die mildeste Denkungsweise zurückbeben... Sie durfte mithin nicht schwanken in ihrem Vorsatz – ohne alle Hoffnung aber konnte sie Joseph auch nicht von sich stoßen – bei seinem Ungestüm ließ sich in dem Fall irgendein verzweifelter Schritt voraussehen. Sie faßte deshalb nochmals seine Hand und beschwor ihn unter Tränen, nur einmal zu schweigen und auf sie zu hören.

Er warf einen finsteren, scheuen Blick auf ihre verweinten Augen und preßte die Lippen fest aufeinander.

»Joseph«, sagte sie sanft, »glaubst du denn wirklich, ich wäre imstande, dir je die Treue zu brechen? Und wenn es Gottes Wille ist, daß wir getrennt werden sollen, so wirst du erleben, daß dir trotzdem mein ganzes Herz bleibt... Aber wir brauchen ja auch nicht gleich das Schlimmste anzunehmen. Haben wir nicht täglich vor Augen, daß sich mit der Zeit auch die Verhältnisse ändern?... Ich glaube ganz gewiß, daß der Augenblick nicht mehr fern ist, der die Nachrede, die meinen Namen verunglimpft, zuschanden macht – wenn dann deine Mutter sieht, wie irrig sie in der Sache berichtet worden ist, wird sie dann nicht auch zu der Überzeugung kommen, daß meine Mutter ebenfalls unschuldig verleumdet sein könne?«

»Und mit dieser Vertröstung soll ich mich begnügen? Soll mit einem Fünkchen Hoffnung mein Leben hinschleppen, während ich glücklich sein könnte?... Nein, ein solcher Schwachkopf bin ich nicht, daß ich die Hände in den Schoß legen und geduldig warten sollte, bis vielleicht ein glücklicher Zufall nach so und so viel durchhofften Jahren eine Änderung herbeiführt... Du weißt also

doch noch, Marie, daß du mir gestern Treue geschworen hast?«
fragte er plötzlich.

»Ja, Treue bis in den Tod!« entgegnete das junge Mädchen mit erschöpfter Stimme.

»Gut – ich glaube dir... Ich werde alles tun, um dein Gewissen in
bezug auf meine Mutter zu beruhigen. Bleibt sie aber bei dem Vorsatz, mich unglücklich zu machen, dann frage ich nach nichts mehr
– hörst du, Marie?... Auch nicht danach, ob du willst oder nicht – ich
halte mich an dein heiliges Versprechen und will doch sehen, wer
mich zwingen kann, mein gutes Recht aufzugeben.«

Er drückte einen Kuß auf ihre Lippen und eilte über den Kirchhof
den Berg hinab.

Zehn Minuten darauf brauste ein Geschirr wie rasend durch das
Dorf. Aller Köpfe fuhren entsetzt aus den Fenstern und sahen erstaunt den Joseph ohne Hut auf dem Bocke sitzen. Er trieb sein
Gespann wie wütend an und hatte weder für die verwunderten
Leute noch für seine ängstlich bittende Mutter, die neben ihm saß,
einen Blick.

Acht Tage waren seit jenem Abschied vergangen – für Marie ein
Zeitraum voll schwerer Kämpfe und bitterer Leiden... Das zwischen
ihr und Joseph Vorgefallene war im Dorfe ruchbar geworden und
hatte eine allgemeine Entrüstung hervorgerufen. Anfänglich kam es
allen unglaublich vor, denn daß der Joseph die ernste, arme Marie
der grundreichen, rotbackigen Schulzenstochter vorziehen könne,
das schien manchem ein größeres Wunder als das biblische mit den
Weinkrügen – aus nichts etwas schaffen ist freilich denkbarer als
viel haben und nichts mehr wollen. – Auf das Erstaunen folgte gewaltiger Zorn, und die arme Marie lernte erkennen, daß es in den
Augen klatschender Weiber kein größeres Verbrechen gibt, als
wenn ein armes, unbeachtetes Mädchen sich erkühnt, einem reichen
Mann zu gefallen. Sie ging jeden Abend an den Brunnen, um Wasser zu holen. Früher hatte sie selten jemand getroffen; jetzt aber
fand sich stets eine Schar Frauen ein, die förmlich auf Marie warteten, um sie mit beißenden Stachelreden zu peinigen. Der Schulze,
der einzige, der früher noch gegrüßt hatte, ging jetzt vorbei, starr,
ohne Gruß und mit augenscheinlicher Mißachtung nach den Fenstern sehend, über welches Benehmen die Schulmeisterin bittere

Tränen vergoß. Der gute Schullehrer, der ihnen stets treulich beigestanden, war versetzt worden und hatte am Tage nach der Kirmse Ringelshausen verlassen. Marie meinte manchmal, ihrem Kummer erliegen zu müssen, den sie allein tragen und auch noch sorgsam vor ihrer Mutter verbergen mußte. Allein hier zeigte sich der Segen ihrer vortrefflichen Erziehung. Sie hatte gelernt, sich über jede innere Regung Rechenschaft abzulegen, die Dinge vom moralischen Standpunkt ins Auge zu fassen und an dem festzuhalten, was ihrer Überzeugung nach das Rechte war. Und das gab ihr die Kraft, alles zu ertragen, was auf diesem rauhen Weg sich vor ihr auftürmte.

Ihr sehnsüchtiger Wunsch war, nur auf einige Stunden einmal ihren Bedrängnissen entfliehen zu können. Allein sein und Bewegung in der freien Luft konnten nur günstig auf ihr geängstetes, gepreßtes Herz wirken, weshalb sie sich denn auch entschloß, sonnabends nach A. zu gehen und dort einige kleine Einkäufe selbst zu besorgen, was sonst die Obliegenheit der Botenfrau war.

Ziemlich spät machte sie sich auf den Weg und erreichte, da die Stadt zwei Stunden von Ringelshausen entfernt war, dieselbe erst zu Mittag. Sie hatte deshalb große Eile bei Besorgung ihrer Geschäfte, denn abends dünkte es ihr ängstlich, den weiten Weg allein zurückzulegen. Trotzdem aber konnte sie sich nicht versagen, Anna und die Muhme aufzusuchen; hatte ihr doch die Mutter herzliche Grüße und ein Körbchen gute Äpfel für beide mitgegeben.

Sie wurde mit großer Freude und Herzlichkeit aufgenommen, obgleich es ihr nicht entging, daß Anna sowohl als auch die Muhme bei ihrem Eintritt ein wenig verlegen aussahen. Auch fiel ihr sogleich ein sorgsam mit weißer Serviette bedeckter Tisch vor dem Sofa in die Augen, der mit seinem Kaffeegeschirr und Kuchenkörben wie am Festtag beladen war.

Marie mußte sich ans Fenster in den weichgepolsterten Lehnstuhl der Muhme setzen, und Anna beeilte sich, ihr eine Tasse heißer Schokolade zu bringen... Sonderbar aber war es doch, daß die Muhme sie einmal über das andere in die Arme schloß und noch dazu mit feuchten Augen. Sie war zwar immer eine gute, prächtige Frau, die gern alle Welt glücklich sehen mochte, aber heute war sie doch zu unerklärlich weich.

Draußen vor den Fenstern – das Haus der Muhme lag am Markt – gab es noch immer großen Lärm, obgleich das eigentliche Marktgetümmel vorüber war. Auf die leer heimkehrenden Bauernwagen postierten sich Mädchen und Frauen, ihre schwerbeladenen Körbe mühsam hinaufhebend und dann selbst schwerfällig hinterdreinsteigend, was nicht ohne Neckerei und lautes Gelächter der Männer abging. Bauernweiber, die ihre Ware nicht losgeworden, gingen mit der blankgescheuerten Buttergelte oder dem Eierkorb im Arm von Haus zu Haus, und die Holzverkäufer *en détail* zogen ihre kleinen, mit Hunden bespannten Karren rasselnd über den Platz und spähten nach irgendeiner holzbedürftigen Seele, die ihnen die wenigen, mühsam herbeigeschleppten Säcke schon gespaltenen Holzes abkaufen möchte.

Marie schaute hinaus auf dies Treiben, während ihre müden Füße ausruhten. Plötzlich zuckte sie erschreckt zusammen – Frau Sanner trat aus einer Seitengasse und ging schräg über den Markt. Anna stand neben Marie; sie faßte deren Hand und sagte ausdrücklich und bedeutungsvoll: »Ja, Frau Sanner ist hier, und der Joseph auch – sie sind bei uns abgestiegen.«

Marie sprang auf und griff nach ihrem Mantel, aber Anna hielt sie fest.

»Bleibe unbesorgt«, bat sie, »wir haben viel mit dir zu sprechen. Frau Sanner wird vor einer Stunde nicht zurückkehren, weil sie Geschäfte abzumachen hat, und Joseph bleibt höchstwahrscheinlich noch länger aus... Ach, Marie, die alte Frau weinte bitterlich über ihren Sohn!... Er sei ganz verwandelt, klagt sie, sonst die Liebe und Freundlichkeit selbst, spräche er jetzt kein Wort mehr mit ihr. Er begegne den Leuten finster und abstoßend, kümmere sich um kein Geschäft mehr und habe ihr erklärt, er werde nächstens sein Gehöft in Sellheim beziehen... Er ist auch äußerlich ganz verändert und sieht zum Erbarmen aus.«

Marie verbarg ihr Gesicht in beiden Händen – die so lange unterdrückten Tränen brachen nun unaufhaltsam hervor.

»Wir wissen alles«, fuhr Anna fort und umfaßte das junge Mädchen, »aber eben deshalb hielt ich es auch für meine Pflicht zu sprechen. Ich durfte nicht schweigen, wenn ich nicht grenzenlos undankbar gegen dich und deine Mutter sein wollte – Frau Sanner weiß mein Geheimnis.«

»Um Gottes willen, Anna!... Du hättest...«

»Frau Sanner hat heute durch mich erfahren, daß das Pflegekind, um dessentwillen du so viel leiden mußt, das meine ist und daß ich seit anderthalb Jahren die rechtlich angetraute Frau des Rechtsanwalts Börner in hiesiger Stadt bin, dessen Namen ich aber nicht eher öffentlich tragen darf, als bis sich – leider zwingen uns Geiz und Hochmut des alten Mannes – die Augen seines Oheims geschlossen haben –, dessen einziger Verwandter und Erbe mein Mann ist.«

»Aber, Anna, wie konntest du das tun?«

»Du hast alles über dich ergehen lassen; ja, meiner Zukunft wegen hättest du dein Lebensglück geopfert – deine Mutter mußte von meinen eigenen Verwandten ihre Tochter beschimpfen und mit einem Fehltritt beladen sehen, den sie nicht begangen... Ihr habt unter allen Umständen geschwiegen, und ich sollte alle diese Opfer hinnehmen, ohne mich je dankbar zu bezeigen? – Du denkst zu gering von mir. Frau Sanner begriff nun auch, daß wir die Geburt unseres Kindes verheimlichen mußten. Ich erzählte ihr, daß deine Mutter eine treue, aufopfernde Freundin meiner verstorbenen Mutter gewesen und deshalb die einzige Person war, der ich mein Kind anvertrauen mochte... Und siehst du, Marie, ich hatte den schönsten Lohn für meine Aufrichtigkeit, denn die alte Frau weinte heiße Tränen über eure seltene Aufopferung und bat dir immer und immer wieder ihren Verdacht ab.«

»Ach, Anna, wie glücklich machst du mich!« rief Marie freudestrahlend. »Aber wird nun Frau Sanner auch schweigen können?«

»Sie hat mir mit Hand und Mund gelobt, kein Wort verlauten zu lassen, am allerwenigsten aber gegen meinen Vater, der mit seinem Stolz und Starrsinn gewiß alles verderben würde.«

»War Joseph bei deinem Geständnis zugegen?« forschte Marie leise und zögernd.

»Nein. – Er hat seine Mutter hierhergefahren und blieb höchstens fünf Minuten bei uns...« Ich kann dir gar nicht sagen, wie unstet und ruhelos mir der Mensch vorgekommen ist! Er lief erst ohne

Zweck und Plan auf dem Marktplatz herum; dann ist er hinauf zu meinem Mann gegangen, um sich von ihm, der ja als Anwalt deiner Mutter die Kriminaluntersuchung der unangenehmen Ringelshäuser Diebsgeschichte am besten kennt, alle darauf bezüglichen Verhandlungen auseinandersetzen zu lassen... *Der* läßt nicht von dir, Marie, und wenn er darüber zugrunde gehen sollte... Ich habe übrigens die beste Hoffnung, daß Frau Sanner...«

»Liebe Anna«, unterbrach das junge Mädchen heftig die Trösterin, »wenn du mich ein wenig lieb hast, so versprich mir, die alte Frau nicht überreden zu wollen!... Siehst du – vor dir und der Muhme brauche ich ja nichts zu verbergen – mein ganzes Herz hängt an Joseph, und wenn es zu seinem Glück wäre, wollte ich mit Freuden für ihn sterben. Aber eben deswegen fasse ich auch seine Zukunft klar ins Auge... Wenn also auch in diesem Augenblick seine Mutter vielleicht durch Furcht vor dem Sohn, Überredung und Mitleid bewogen, ihre Einwilligung gibt, so wird später die Reue doch nicht ausbleiben – und dann wehe mir!... Das höchste eheliche Glück wird das Bewußtsein nicht unterdrücken können, daß man mich als Makel einer bis dahin unbescholtenen Familie ansehe. Das Ehrgefühl der alten Frau scheint äußerst empfindlich, und es gibt so viele böse Menschen, die gern hetzen – ich würde nie ruhig werden und deshalb auch Joseph nicht glücklich machen können.«

»Ich kann dir nicht unrecht geben«, entgegnete Anna traurig, »obgleich ich fest überzeugt bin, daß deine Vorzüge in den Augen der Frau Sanner mit der Zeit alle Lästermäuler zuschanden machen würden... Ach, wenn der unglückselige Vorfall nicht wäre!«

»Ja, dann dürfte ich hoffen!« seufzte Marie. »Meine arme Mutter weiß nichts von all diesen Vorgängen und darf sie auch nie erfahren.«

Jetzt bemerkte sie aber mit Schrecken, daß es schon ziemlich spät geworden sei. Einmal war die Rückkehr Josephs und seiner Mutter zu befürchten, denen sie doch um keinen Preis begegnen durfte, und dann rückte der Abend immer näher. Sie brach eilends auf. Leider bemerkte sie, daß sie einiges vergessen hatte, was schlechterdings noch besorgt werden mußte. Bei den Kaufleuten wurde sie zu ihrer Angst auch noch ungebührlich lange aufgehalten, so daß es eben fünf schlug, als sie aus dem Stadttor trat.

Sie stand eine Weile unentschlossen. Aus dem niederen Fenster der Torschreiberwohnung quoll heller Lichtschimmer. Drin im warmen Stübchen saß die Familie gemütlich um den Tisch. Marie kam ein wahres Grauen an, daß sie die lichte Stelle verlassen und hinaus auf die totenstille, dunkle Chaussee wandern sollte... Da ging zu ihrem Trost der Mond auf – nach Hause mußte sie, ihr Ausbleiben würde Mutter und Schwester in die größte Angst versetzt haben, und so schritt sie denn rüstig, wenn auch mit Herzklopfen vorwärts.

Kein Laut unterbrach die tiefe Stille, die sie jetzt umfing. Nur manchmal hing sich ein dürres Blatt an ihr Kleid und rasselte, oder der erste Schnee, der heute gefallen und nur an einzelnen Stellen haften geblieben war, knisterte unter ihren Füßen. Allmählich wich ihre Furcht. Das Mondlicht begleitete sie treulich. Es ergoß sich freundlich über die dürren Äste der Vogelbeerbäume zu beiden Seiten des Weges, zitterte in jedem feuchten Fleckchen, das der zerronnene Schnee zurückgelassen, und beleuchtete weithin die Chaussee, die das dunkle Ackerland wie ein heller Faden durchschnitt.

So allein und verlassen dahinschreitend, versank Marie in tiefes Sinnen. Josephs Bild, das sie während der letzten Tage in die tiefsten Tiefen ihres Herzens zurückgedrängt hatte, da stand es vor ihr mit all der Macht, die ihr ganzes Sein beherrschte. Sie ließ es jetzt widerstandslos vor ihrem Auge auferstehen – war doch niemand zugegen, der sie beobachten konnte... Sie war ihm so nahe gewesen und durfte ihn nicht sehen – sie floh vor ihm, während jede Fiber ihres Herzens nach ihm verlangte... War sie auch der Aufgabe gewachsen, die sie sich selbst auferlegt?... Konnte sie in der Tat das schwere Werk der Entsagung durchführen?

Nach einem mühevollen Kampf, nach harten Schicksalsschlägen entsteht eine dumpfe Schwüle im Gemüt, die uns eine Zeitlang gänzlich unfähig macht, die Größe der Prüfungen, die über uns verhängt sind, zu ermessen. Das ist eine weise Einrichtung der Vorsehung; ohne diesen wohltätigen Schleier müßte uns der grelle Blitz, der oft in unser tiefstes Leben eingreift, zermalmen. Schrecklich genug bleibt ja ohnehin immer der Moment, wo die verhüllenden Wolken zerreißen, wo unser Blick wieder freier wird und wir erschüttert sehen, was wir fortan ertragen und entbehren sollen.

Dieser Augenblick war auch für Marie gekommen, und ihr Herz krümmte und wand sich unter den grausamen Maßregeln des Verstandes, die seine Stimme ersticken sollten.

So wanderte sie dahin, ihren aufgeregten Gefühlen preisgegeben, mechanisch die Füße bewegend und die Außenwelt über den Widerstand in ihrem Inneren vergessend. Plötzlich berührten rasche Schritte ihr Ohr. Sie wandte sich um und erblickte ein ziemlich verrufenes Subjekt, einen Tischlergesellen aus A., der mit seinem verwilderten Bart und seinen frechen Zügen ihr keinen geringen Schrecken einjagte. Er schien es indes eilig zu haben und schritt schnell an ihr vorüber, ohne sie weiter zu beachten. Trotzdem mußte sie einen Augenblick stehen bleiben, um ruhig zu werden und die Furcht niederzukämpfen.

Diese Begegnung hatte wenigstens den Vorteil, daß Marie jetzt rascher vorwärtsschritt und weniger ihren trüben Gedanken nachhing. So hatte sie unangefochten bald den größten Teil des Weges zurückgelegt. Mit wahrer Beruhigung grüßte sie die Turmspitze von Ringelshausen, die im Mondlicht silbern glänzend bei einer Biegung der Chaussee sichtbar wurde. Aber kaum war sie noch einige Schritt vorwärtsgegangen, als ihr ein roher Gesang, von Juchheschreien und entsetzlichem Gelächter dann und wann unterbrochen, entgegenscholl. Unschlüssig blieb sie stehen. Das Geschrei kam immer näher, und deutlich konnte sie unterscheiden, daß es Ringelshäuser Burschen waren, die auf der Chaussee ihr Unwesen trieben. Mit Entsetzen erkannte sie auch Bastels dünne, krähende Stimme, der, wie es schien, der Hauptanführer war...

Dieser Rotte durfte sie nicht begegnen – da waren ihr Beleidigungen und Roheiten gewiß – aber wohin? Zum Glück bog nicht weit von ihr ein Seitenweg von der Chaussee ab, aber – sie dachte mit Grauen daran – er führte an der verrufenen Pfaffenmühle vorbei. Dort war sie freilich vor jeder unwillkommenen Begegnung gesichert, denn diesen Weg betrat kein Ringelshäuser am Tage, geschweige denn in der Nacht... Ein Schauder überlief sie... sahen doch die uralten Weidenbäume da drunten schon ganz anders aus als alles hier oben... Sie mußte den kleinen Fluß entlangschreiten, den düsteres Gebüsch auf beiden Seiten einengte und dessen Rauschen geisterhaft heraufklang. Trotz alledem blieb ihr keine Wahl. Das immer näher kommende Jauchzen schien ihr doch noch entsetzlicher, und so schritt sie mutig hinunter, nicht ohne Kampf mit Hecken und Dornen, die den nie betretenen Weg überwucherten und die alle Augenblicke ihr Kleid festhielten.

Von Nachdenken war nun keine Rede mehr... sie fing an zu laufen – das Grauen jagte sie. Gespensterfurcht kannte sie nicht, die hatte ihr Vater nie in ihr aufkommen lassen; aber sie war in jener fieberhaften Aufregung, die den aufgeklärtesten Menschen befallen kann. Ihre Nerven zitterten, und sie fühlte jenes eigentümliche Prickeln in der Kopfhaut, das jedes einzelne Haar aufsträuben macht... Atemlos blieb sie stehen, als die gefürchtete Mühle hinter dem halbverschneiten Buschwerk auftauchte.

Einen grauenhaften Eindruck mußte dies verfallene Gemäuer allerdings hervorbringen; selbst der warme, goldene Sonnenschein vermochte wohl nicht mehr, einen Schein von Leben in diese Wüstenei zu hauchen; in der bleichen Mondbeleuchtung aber war es geradezu entsetzeneinflößend. Vom Dach waren meist die Schindeln abgelöst, so daß die dunkeln Bodenräume und das Gesparre sichtbar wurden, an welchem alte Fetzen von Kleidungsstücken leise sich bewegten. Die Fensterhöhlen, ohne eine Spur von Glasscheiben, starrten wie geblendete Augen aus den schiefen Wänden, von denen Wind und Regen jegliche Bekleidung weggewischt hatten. Das Mühlrad, längst seiner Dienste enthoben, stand bewegungslos, der Speichen beraubt und vom Gischt des hier sehr stark fallenden Wassers bespritzt, auf dem die Mondstrahlen ihr gaukelndes, gespenstiges Spiel trieben.

Dies wüste Gehöft hatte seinen Namen vom letzten Besitzer, der »Pfaff« hieß und ein mürrischer, menschenfeindlicher Mann war. Sein zurückstoßendes Wesen und sein entsetzliches Fluchen – er war in seinen jungen Jahren Kriegsknecht gewesen – verscheuchten nach und nach alle Mahlgäste und Dienstboten aus seinem Hause, so daß zuletzt die Mühle stehen und er mutterseelenallein in dem wüsten Gemäuer hausen mußte, das er von Jahr zu Jahr mehr verfallen ließ... Eines Tages fand man ihn an einem Baum erhängt.

Dieser grauenhafte Tod wie auch das gottlose Leben des Selbstmörders gaben nun dem Aberglauben einen weiten Spielraum und
machten das Haus in der ganzen Gegend spukhaft. Erben waren
nicht da – Käufer fanden sich ebensowenig; da wurde denn die
Mühle nach und nach zur Ruine – ein Schrecken der Erwachsenen
und ein Popanz für die Kinder.

Marie war, wie gesagt, stehengeblieben und suchte sich des
Grauens zu erwehren, das sie so überwältigend packte und alle
Vernunftgründe über den Haufen stieß... Nichts Lebendiges weit
und breit – außer dem Rauschen des Wassers kein Laut ringsumher!
Eine kleine Wolke trat in diesem Augenblick vor den Mond und
warf zwei riesige Schattenhügel über den First des Hauses und auf
die unbelaubten Wipfel der alten Rüstern, an deren einer der Pfaffenmüller sein Leben ausgehaucht hatte... Doch horch, klang das
nicht wie lautes Husten?... Jedes weniger Aufgeklärte würde dasselbe nun ohne Zweifel für etwas der Geisterwelt Entstammtes
gehalten und höchstwahrscheinlich unter Zähneklappern nichts
anderes mehr erwartet haben, als dem irrenden Schatten des gehängten Müllers zu begegnen... Marie dachte anders. Ihr schien der
Husten, der sich eben wiederholte, obgleich er diesmal unterdrückter klang, sehr menschlich zu sein, und ein ganz anderer, vielleicht
noch schlimmerer Verdacht stieg in ihr auf – daß wohl schlechte
Menschen diese gefürchtete Stelle als Schlupfwinkel benutzen
möchten. Diese Annahme schien bestätigt zu werden, denn jetzt
hörte sie ganz deutlich sich nähernde Schritte... Ihre Fassung kehrte
zurück, wie es ja häufig geschieht, daß wir angesichts der Gefahr
beherzter sind, als wenn wir dieselbe nur vermuten.

Marie lief vorwärts, kauerte sich hinter das dichte Gebüsch, welches sie dem Vorübergehenden vollständig verbergen mußte, und
bog einige Zweige auseinander, um besser sehen zu können.

Sie befand sich der Mühle gerade gegenüber. Das morsche Hoftor, das nur noch in einer Angel hing, ließ sie den ganzen mondbeleuchteten Hofraum überblicken. Altes Gerümpel, verdorbenes
Ackergerät, zerbrochene Türen und moderde Holzscheite bedeckten den Boden, und von der Scheuertür grinste eine angenagelte
Eule herüber. Es blieb dem jungen Mädchen indes nicht viel Zeit,
diese wüste Stätte zu betrachten, denn die Schritte kamen immer

näher, und zwar von Ringelshausen her. An dem unregelmäßigen Gang und keuchenden Atem hörte Marie, daß die Person schwer beladen sein mußte... Kaum atmend blickte sie angestrengt durch die Zweige, denn der Wanderer trat in die Hoftür... Wer aber beschreibt ihr Erstaunen, als sie Mamsell Dore, des Pfarrers Haushälterin, erkannte?

Die Alte blieb einen Augenblick verschnaufend stehen, sah sich scheu um und ging dann zögernd einige Schritt in den Hof hinein. Sie war in einen großen Mantel gehüllt und trug, wie es schien, eine gewichtige Last auf den Armen. Wieder blieb sie unschlüssig; da erschien in der Haustür – Maries Überraschung kannte keine Grenzen – der Tischlergesell aus A., der ihr auf der Chaussee begegnet war. Er winkte Mamsell Dore vertraulich und verschwand mit ihr unter der Tür.

Was konnten die beiden an dem verrufenen Orte wollen? Mamsell Dore, die Anklägerin der Schulmeisterin, deren Schuld sie durchaus beweisen wollte – sie, die Zeter schrie über das kleinste Vergehen, das in der Gemeinde vorkam, traf auf so geheimnisvolle Weise mit einem berüchtigten Menschen in der einsamen Pfaffenmühle zusammen?

Eine seltsame Ahnung überschlich Maries Herz. Sie erhob sich und ging, immer durch das Gebüsch gedeckt, um das Gehöft herum. An der Seite, nach dem Wasser zu, bemerkte sie ein angelehntes Pförtchen – es führte in einen schmalen Gang, durch dessen zerbrochene Fenster jedoch der Mond so hell schien, daß sie ihn ungefährdet betreten konnte.

Hier blieb sie einen Augenblick stehen... Es überrieselte sie eiskalt... wenn jener schreckliche Mensch ihr hier entgegenträte?... Sie horchte; aber außer dem eintönigen Rauschen des vorbeifließenden Wassers blieb alles totenstill... Es trieb sie unwiderstehlich vorwärts – weshalb? Darüber konnte sie sich selbst keine Rechenschaft geben. Ihre Entschlossenheit, ein Grundzug ihres Charakters, ließ sie nicht lange überlegen – sie betrat den Gang und gelangte bald an eine offene Tür, die in einen dunkeln Raum, die Küche, führte. Hier bückte sie sich rasch nieder, denn durch ein Fenster konnte sie in die daranstoßende Stube sehen, in welcher sich die beiden Personen befanden. Auf den Knien rutschend, gelangte sie bis zu dem Fenster, das eigentlich nur noch ein Netz von Bleiringen war, denn die runden Scheiben waren zerschlagen, und nur noch einige grüne Glassplitter starrten aus der Fassung. Das junge Mädchen konnte deutlich hören und sehen, was in der Stube vorging.

Mamsell Dore saß erschöpft auf einem Stuhl. Zu ihren Füßen lag ein gefüllter Sack. Aus den grauen Augen der Alten, die rastlos umherirrten, während sie nach Atem rang, sprachen unverkennbar Angst und Furcht; wenn aber der Mann, der ungeduldig auf und ab lief, ihr den Rücken kehrte, dann blitzten sie auf in Haß und Ingrimm.

»Daß du mich bei so hellem Mondschein hierherbestellst«, begann sie endlich, »ist unverantwortlich von dir, Fritz – wie leicht konnte ich gesehen werden.«

»Meine Angelegenheiten lassen sich nicht aufschieben, Mutter.«

»Mutter?« flüsterte Marie draußen, über alle Maßen erstaunt und überrascht.

»Wenn du meinen Brief ordentlich gelesen hast«, fuhr der Mensch drinnen fort, »so wirst du wissen, daß ich in einigen Tagen auswandern muß... Ich traue meinem nichtsnutzigen Meister nicht über den Weg; er beobachtet mich seit einiger Zeit – ich merke es wohl , der Schuft!«

»Ach, Fritz, was magst du wohl für schlechte Streiche gemacht haben?«

»Ich bitt' mir's aus, Frau Mutter, nicht in dem Ton mit mir zu sprechen!... Wenn ich manchmal kleine Seitenwege einschlagen muß, so bist du ganz allein schuld – du gibst mir nichts.«

»Ach, du gottloser Mensch!« klagte Mamsell Dore. »Du hast mich ja schon rein ausgeplündert, und wenn ich heute meinen Dienst verliere, kann ich betteln gehen... Ich gebe dir ja alles, was ich habe – und noch viel mehr«, fügte sie mit sinkender Stimme hinzu.

»Das ist auch 'was Recht's – manchmal eine Wurst oder einen Bissen Speck aus der Rauchkammer des alten Pfaffen – oder einen Schluck miserablen Abendmahlswein, der einem die Haare auf dem Kopfe in die Höhe zieht, so sauer ist er – darum täte ich noch nicht einmal den Mund auf!«

»Ja, das glaub' ich – für dich sind das freilich Kleinigkeiten – du hast Größeres geholt«, sagte Mamsell Dore spitz und giftig.

Der Mann lachte unbändig und stampfte dabei mit den Füßen auf die alten Dielen, daß sie ächzten und quiekten.

»Gelt, Mutter, das war eine gelungene Fahrt!« rief er unter fortwährendem Lachen. »Das soll mir einmal einer nachmachen!... Drin sitzt die Frau Mutter, wie die Gluckhenne auf den Küchelchen, und denkt Wunder wie gut sie dem Herrn Pfarrer seine Moneten bewacht – da schleicht sich der Sohn ins Haus und holt ihr das Sümmchen beinahe unter der Hand hervor, ohne daß sie's merkt... Ha, ha – bin doch ein Mordskerl!«

»Ja, das war eine saubere Geschichte... mich in solch eine Klemme zu bringen!... Ich wußte es auf der Stelle, als mir die Schulmeisterin sagte, ein Mann sei an ihr vorbeigesprungen, daß kein anderer Mensch als du der Spitzbube sein könne.«

»Und doch hast du dem Gericht eine Nase gedreht, daß es eine Freude war... Ja, ja, man sieht, daß wir von *einer* Art sind!... Und ich bin dir deswegen auch ganz gut, obgleich du mich verleugnest.«

Mamsell Dore fuhr in die Höhe, so daß die morsche Lehne des Stuhles polternd auf den Boden fiel.

»Das brauchst du mir nicht immer vorzuwerfen!« rief sie, und ihre Stimme hatte etwas Krächzendes. »Ich würde meine Stelle nicht behalten, wenn das herauskäme – und selbst wenn der Pfarrer ein Auge zudrücken wollte, so wäre es doch um mein Ansehen bei der Gemeinde geschehen.«

»Ja, das gäb' freilich einen hübschen Spektakel – du verstehst es aus dem Fundament, die unbescholtene Mamsell zu spielen! – Tausend noch einmal, wie würden die Ringelshäuser Maul und Nase aufsperren, wenn ich mich ihnen als den wohlgeratenen Sohn der ehrsamen Mamsell Dore vorstellte!...«

Die Alte schoß einen wütenden Blick auf den Sprechenden, der höhnisch lächelnd mit den breiten plumpen Händen über seinen rauhen Bart strich.

»Und wenn ich ihnen nun gar erzählen wollte«, fuhr er unbeirrt fort, »daß du meine Ziehmutter hast schwören lassen, mir deinen

Aufenthalt nie zu verraten – was wohl auch geschehen wäre, wenn der alten Duckmäuserin nicht im letzten Stündlein das Gewissen geschlagen hätte –, da würden die dummen Bauern sich erst einmal wundern über ihre kluge Pfarrersköchin!«

»Aber, Fritz«, ächzte Mamsell Dore ganz zerknirscht und offenbar dahin strebend, mit dem würdigen Sohn in gutem Einvernehmen zu bleiben, »warum rührst du denn immer wieder längst vergangene Dinge auf, die du noch dazu ganz falsch verstanden hast?... Daß ich dich lieb habe, kannst du aus den fünfundzwanzig Talern ersehen, die ich dir mitbringe – es ist mein letztes Geld, Fritz.«

»Mögen sie nun ein Beweis von Liebe oder auch von was ganz anderem sein – das ist mir einerlei –, immer her damit! Ich kann sie brauchen!« sagte der Tischlergesell, indem er hastig nach dem Gelde griff.

Er zog eine Brieftasche hervor und öffnete sie.

»Siehst du«, sagte er, »hier liegen die geistlichen siebenhundert Taler – es fehlt kein Groschen... Die Meisels Rike aus Wolsleben geht mit mir nach Amerika.«

»Meisels Rike, das verrufene Weibsbild?« schrie Mamsell Dore entsetzt.

»Nur nicht zu hitzig, Frau Mutter... Ich bitte, mit mehr Respekt von der künftigen Schwiegertochter zu sprechen«, entgegnete der Sohn spöttisch. »Die Rike ist ein prächtiger Schatz und wird eine tüchtige Farmerin abgeben... Aber was hast du mir denn hier noch alles mitgebracht?« fragte er, indem er den Sack vom Boden aufhob und ihn öffnete.

»Ah, eine delikate Cervelatwurst... und hier einen Schinken... kommt sehr gelegen – die Schiffskost soll verdammt schlecht sein... Donnerwetter, was kommt denn da?... Eine Rolle Leinwand – na, da wird sich Rike freuen!... Ich bin recht zufrieden mit dir, Mutter; du sollst auch schöne und dankbare Briefe aus Amerika kriegen... Na, da geh jetzt heim, und vergiß nicht, den Tannenwirt von mir zu grüßen, wenn du ihn siehst.«

»Stehst du denn so mit dem?« fragte Mamsell Dore verwundert.

»Nu, das heißt, er kennt mich nicht; aber er hat mir trotzdem einen Freundschaftsdienst geleistet... Hat er nicht vor Gericht ausgesagt, daß er damals, als das Geld in der Pfarre ge... geholt worden ist, niemand aus dem Hause habe kommen sehen?«

»Ja, das hat er beschworen.«

»Aber ins Henkers Namen, was muß denn der Kerl dabei gehabt haben, so zu lügen?... Ich habe ihn ja beim Herausspringen über den Haufen gerannt, daß ihm alle Rippen krachten!«

»Er ist der Schulmeisterin ihr ärgster Feind. Als er noch jung war, hat er um sie gefreit – sie hat ihn aber nicht gewollt.«

»Ach, nun begreife ich's – er soll gesegnet sein für seine Bosheit.«

Der Tischlergesell nahm seine Brieftasche wieder hervor und steckte sie in den Sack, den er sorgfältig wieder zuband.

»Rike hat mir versprochen, auch hierher in die Mühle zu kommen«, sagte er, »sie soll das Geld und alles andere an sich nehmen, denn bei mir ist's, wie gesagt, nicht mehr sicher... Wir haben auch noch viel miteinander zu sprechen, und das können wir hier am ungestörtesten... Aber ich begreife gar nicht, wo sie bleibt... Ich will ihr lieber ein Stück Weges entgegengehen... Du willst doch nicht gern mit mir gesehen sein, gelt, Mutter?« fragte er spöttisch. »Da gehe voraus, denn ich muß auch auf die Ringelshäuser Chaussee, wenn ich Rike begegnen will.«

Mamsell Dore entfernte sich eiligst – Mutter und Sohn trennten sich, als kämen sie morgen wieder zusammen, während es doch einen Abschied fürs Leben galt.

In welchen Zustand das Anhören dieses Gespräches Marie versetzt hatte, das läßt sich nicht beschreiben. Sie kniete am Boden und hob ihr tränenüberströmtes Gesicht dankend zum Himmel. Diese Entdeckung änderte alles, alles... Sie blickte in eine sonnenbeglänzte Zukunft, die ihr noch vor wenig Augenblicken rauh und unwegsam erschienen war.

Leise bog sie sich vor und blickte wieder gespannt in die Stube.

Der Tischlergesell war allein. Er hob einige Kacheln aus dem riesigen Ofen, steckte den Sack in das Loch, das er sorgfältig wieder verschloß, und ging dann seiner Wege.

Marie erhob sich und horchte auf seine verhallenden Tritte. Von ihrem Platz aus konnte sie durch das gegenüberliegende Stubenfenster den hellbeleuchteten Hofraum übersehen. Der Tischlergesell durcheilte denselben und verschwand hinter der Mauer.

Nun galt es zu handeln. Furchtlos stieg sie durch das Fenster, dessen Rahmen sich leicht eindrücken ließ, in die Stube und bemächtigte sich des Sackes. Ihren Korb, der ihr beschwerlich wurde, warf sie in eine dunkle Ecke und eilte durch das Seitenpförtchen aus dem Hause.

Jetzt erst dachte sie an die entsetzliche Gefahr, in der sie geschwebt hatte... Wenn der Verbrecher umgekehrt wäre, oder wenn er schon draußen vor dem Tore das erwartete Weib getroffen und beide Marie bei ihrer Tat überrascht hätten... Es rieselte kalt über ihren Rücken – in der Gewalt zweier so verworfener Menschen sich denken zu müssen. – Hu!... Und noch war ja die Gefahr nicht vorüber. Sie beschloß deshalb, auf dem Weg nach der Chaussee zurückzukehren, den sie gekommen war. Da durfte sie keine Begegnung fürchten – denn der schreckliche Mensch war ja nach Ringelshausen zu gegangen.

Anfänglich lief sie wie rasend, aber sie mußte bald nachlassen, denn der Sack war ungemein schwer. Sie ließ ihn auf den Boden nieder und versuchte ihn zu öffnen – sie bedurfte ja eigentlich nur der Brieftasche; aber es war ein Ding der Unmöglichkeit für ihre schwachen Finger, den fest geschürzten Knoten zu lösen. Ein Messer hatte sie nicht bei sich, und so war sie gezwungen, mit ihrer Last geduldig weiterzugehen.

Aber welche Angst packte sie nun!... Wie leicht war es möglich, daß die beiden jetzt schon nach der Mühle zurückkehrten. Hier unten, wo sie schritt, lag ziemlich viel Schnee – die Fußtritte mußten ihren Weg verraten... Sie hätte fliegen mögen und kam nur Schritt um Schritt langsam und keuchend vorwärts... Es war ihr, als müsse sich die gewichtige Hand des Tischlergesellen jeden Augenblick auf ihre Schulter legen und sie von rückwärts packen, oder als tauche seitwärts das gemeine, höhnisch grinsende Gesicht der ihr wohlbekannten Meisels Rike auf... Das Blut schoß siedend durch ihre Adern und klopfte in den Schläfen – sie glaubte umsinken zu müssen vor Angst und Erschöpfung.

Endlich erreichte sie die Chaussee; aber nun war es auch mit ihrer Kraft aus. Ihre Knie zitterten, und sie mußte sich an der Barriere halten. Trostlos überblickte sie die menschenleere Straße, und furchtsam wandte sie dann und wann den Kopf und schaute angestrengt hinunter nach dem Weg, den sie gekommen war.

Ach Gott, da... nein, sie täuschte sich – und doch, ja, ganz gewiß, sie hörte deutlich Wagengerassel – es kam von der Stadt her –, es näherte sich pfeilgeschwind, und bald sauste ein Einspänner die Anhöhe herab.

»Joseph, Joseph, um Gottes willen, halt!« schrie Marie wie außer sich.

Er war's. Sie hatte ihn von weitem erkannt. Mit einem Satze sprang er vom Wagen und stand neben ihr, seine Arme um die wankende Gestalt legend.

»Hab' ich dich doch endlich eingeholt?« jauchzte er, aber er verstummte plötzlich, als er in ihr bleiches, angstentstelltes Gesicht blickte.

»Wie siehst du denn aus, Marie? Ist dir etwas Schlimmes zugestoßen?« fragte er heftig.

»Frage nicht lange – hilf mir auf deinen Wagen – ach, schnell! schnell!«

Er nahm erstaunt den Sack, den sie ihm entgegenhielt, warf ihn unter den Sitz und hob sie leicht wie eine Feder hinauf. Als er neben ihr sag, faßte er den Zügel mit einer Hand, mit der anderen hob er Maries Gesicht empor, deren gepreßtes Herz sich jetzt in einem Tränenstrom Luft machte.

»Aber erkläre mir nur ums Himmels willen, Marie, was dich so furchtbar aufregt?« bat er ängstlich.

»Ach, Joseph, ich bin in diesem Augenblick nicht imstande, dir zu erzählen – ich sage dir nur: Der liebe Gott hat Erbarmen mit uns gehabt – wir werden glücklich werden!«

Joseph jauchzte, daß es weithin schallte. Er ließ seinen Braunen langsam traben und sagte lächelnd: »Du wunderst dich aber gar nicht, Marie, mich noch so spät auf dem Weg nach Ringelshausen zu finden?«

»Ach, nach dem, was ich eben erlebt habe, kommt mir gar nichts mehr wunderbar vor«, entgegnete Marie, unter Tränen lächelnd. »Nun errate ich's? Du willst zu Schulzens Margarete?«

»Richtig geraten – ich will sie bitten, deine Brautjungfer zu werden.«

»So?... Aber eine Braut muß auch einen Bräutigam haben, und meinen kenne ich nicht.«

»O du Schelm!... Warte nur, du hast viel abzubüßen – warst in der Stadt und hast mich nicht sehen wollen.«

»Wäre das heute nachmittag geschehen, was ich jetzt weiß, ich wäre nicht von der Stelle gegangen, ohne dich gesehen zu haben – das kannst du mir glauben.«

»Wirklich, Marie?« rief Joseph mit strahlenden Blicken. »Aber was hast du denn Wunderbares erlebt, daß du mit einemmal so umgewandelt bist?«

»Da unten war ich!« entgegnete das junge Mädchen und deutete hinab auf die Mühle im engen, unheimlichen Talschoß, an der sie jetzt vorüberflogen.

»Was – in dem greulichen Nest?«

»Ja... Aber was ich dort gefunden habe, das erfährst du erst, wenn wir vor dem Schulzen stehen – fahre mich an sein Haus!«

»Das will ich tun und will geduldig warten, wenn ich auch ungeheuer neugierig bin... Weißt du auch, daß ich dir viele Grüße bringen soll?«

»Von Anna und der Muhme?«

»Ja – noch mehr aber von meiner Mutter. – Gleich nachdem du fortgewesen bist, ist meine Mutter zurückgekommen und hat gemeint, sie könne die Gedanken an dich gar nicht loswerden – sie habe dir zu großes Unrecht angetan. Anna, obgleich du ihr streng verboten hattest, sich in die Sache zu mischen, konnte nicht länger schweigen und hat meiner Mutter das Gespräch erzählt, das sie eben mit dir gehabt. Das hat die alte Frau vollends mürbe gemacht... Denke dir nun meine Überraschung! Ich komme herunter von Rechtsanwalt Börner, der im Hause der Muhme wohnt und der mir eben nach beinahe dreistündigen Auseinandersetzungen erklärt hatte, daß hinsichtlich der Verteidigung deiner Mutter alles geschehen sei, was menschliche Kräfte vermochten, daß man nun aber auch keinen Schritt weiter tun könne... Ich war in der finstersten Stimmung... Alles, was ich unternahm, schlug fehl. Eine ganze Woche war seit unserer Trennung vergangen – Marie, es ist etwas Schreckliches um die Sehnsucht; sie zehrt einem das Mark aus den Knochen!... Zweimal hatte ich versucht, den Sinn und die Ansichten meiner Mutter zu ändern; aber ich fand den hartnäckigsten Widerstand. Ich sah mich also gezwungen, zum Äußersten zu greifen, was schon bei meinem Abschied in mir feststand – nämlich deiner Mutter alles zu sagen und *ohne* dich Ringelshausen nicht wieder zu verlassen, ja, Marie, und wenn ich den Tod darüber finden sollte... So trat ich in die Stube der Muhme – da kommt mir meine Mutter ordentlich feierlich entgegen und sagt: ›Joseph, es ist das erste Mal, solange du lebst, daß etwas zwischen uns vorgefallen ist – und das Unrecht war auf meiner Seite. Heirate Marie – du hast meinen Segen, denn sie ist ein braves Mädchen.‹

Marie«, unterbrach sich Joseph hier, indem er sie, die vor Glück und Seligkeit weinend neben ihm saß, feurig an sich drückte, »wie mir in diesem Augenblick zumute war, kann ich nicht aussprechen... Meine Mutter schlug mir vor, morgen mit ihr nach Ringelshausen zum Verlöbnis zu fahren; aber mich litt's nicht so lange – ich spannte an und fuhr auf und davon. Denke einmal, ich hätte noch so und so viele Stunden warten müssen – das hätte ich nicht ausgehalten.«

Sie hatten Ringelshausen und die Wohnung des Schulzen erreicht. Joseph übergab das Geschirr einem herbeieilenden Knecht und trat mit Marie in die Stube. Der Schulze saß mit dem Wirt und einigen der angesehensten Bauern am Tische und las die Zeitung vor – er hatte einen bösen Fuß und konnte deshalb nicht in die Schenke.

Nicht weit davon saßen Margarete und die Schulzin am Spinnrade.

Als das Paar eintrat, fuhren alle in höchster Bestürzung zurück, als sähen sie eine Geistererscheinung. Marie aber trat ruhig an den

Tisch, legte den Sack darauf und begann mit klarer Stimme und in strenger Reihenfolge ihren Bericht.

Die Überraschung war über alle Maßen groß. Ausrufungen, Flüche, Schläge auf den Tisch unterbrachen fortwährend die Erzählung des Mädchens. Nur der Wirt wurde käsebleich – er brachte kein Wort über die zitternden Lippen und verschwand nach wenig Augenblicken.

Der Inhalt des Sackes bewies schlagend die Wahrheit der Aussagen. Zum Überfluß hatte Mamsell Dore den letzten Brief des Tischlergesellen als Emballage der Cervelatwurst benutzt.

In einem Nu wurde es rege im Dorfe. Ein Teil der Bauern eilte nach der Pfaffenmühle, andere fuhren nach der Stadt, um Anzeige zu machen und die Gendarmerie zu holen, und der Schulze selbst begab sich, trotz seines Zipperleins, in die Pfarre.

Währenddem lag Marie in den Armen der Mutter und erzählte ihr, was sich zugetragen... Ich meine, es hat wohl jeder Mensch in seinem Leben wenigstens einen so glücklichen Moment, für den er keinen Ausdruck findet, und deshalb wird es wohl dem Leser nicht auffallen, wenn ich ihm sage, daß die arme, schwergeprüfte Schulmeisterin für die plötzliche glückliche Wendung ihres Geschickes nur Tränen hatte.

Der Tischlergesell und die berüchtigte Meisels Rike wurden in dem Augenblick von den Bauern erwischt, als sie fluchend und tobend nach dem Sacke suchten, und noch an demselben Abend den Händen der Gerechtigkeit überliefert. Mamsell Dore mußte mehrere Jahre im Arbeitshause spinnen, als Mitwisserin des Verbrechens und weil sich bei der Untersuchung herausstellte, daß die letzten fünfundzwanzig Taler, die sie ihrem Sohn gebracht hatte, ebenfalls Eigentum des Pfarrers waren.

Der Tannenwirt büßte seinen Meineid mit längerer Gefängnishaft.

Joseph aber ist – wie er vorausgesehen hat – über alle Beschreibung glücklich geworden; und wenn er begeistert die Vorzüge seines geliebten Weibes rühmt, so vergißt er nie, mit großem Stolz des seltenen Mutes zu gedenken, den sie in der Pfaffenmühle bewies.

Über tredition

Eigenes Buch veröffentlichen

tredition wurde 2006 in Hamburg gegründet und hat seither mehrere tausend Buchtitel veröffentlicht. Autoren veröffentlichen in wenigen leichten Schritten gedruckte Bücher, e-Books und audioBooks. tredition hat das Ziel, die beste und fairste Veröffentlichungsmöglichkeit für Autoren zu bieten.

tredition wurde mit der Erkenntnis gegründet, dass nur etwa jedes 200. bei Verlagen eingereichte Manuskript veröffentlicht wird. Dabei hat jedes Buch seinen Markt, also seine Leser. tredition sorgt dafür, dass für jedes Buch die Leserschaft auch erreicht wird.

Im einzigartigen Literatur-Netzwerk von tredition bieten zahlreiche Literatur-Partner (das sind Lektoren, Übersetzer, Hörbuchsprecher und Illustratoren) ihre Dienstleistung an, um Manuskripte zu verbessern oder die Vielfalt zu erhöhen. Autoren vereinbaren direkt mit den Literatur-Partnern die Konditionen ihrer Zusammenarbeit und partizipieren gemeinsam am Erfolg des Buches.

Das gesamte Verlagsprogramm von tredition ist bei allen stationären Buchhandlungen und Online-Buchhändlern wie z. B. Amazon erhältlich. e-Books stehen bei den führenden Online-Portalen (z. B. iBookstore von Apple oder Kindle von Amazon) zum Verkauf.

Einfach leicht ein Buch veröffentlichen: **www.tredition.de**

Eigene Buchreihe oder eigenen Verlag gründen

Seit 2009 bietet tredition sein Verlagskonzept auch als sogenanntes "White-Label" an. Das bedeutet, dass andere Unternehmen, Institutionen und Personen risikofrei und unkompliziert selbst zum Herausgeber von Büchern und Buchreihen unter eigener Marke werden können. tredition übernimmt dabei das komplette Herstellungs- und Distributionsrisiko.

Zahlreiche Zeitschriften-, Zeitungs- und Buchverlage, Universitäten, Forschungseinrichtungen u.v.m. nutzen diese Dienstleistung von tredition, um unter eigener Marke ohne Risiko Bücher zu verlegen.

Alle Informationen im Internet: **www.tredition.de/fuer-verlage**

tredition wurde mit mehreren Innovationspreisen ausgezeichnet, u. a. mit dem Webfuture Award und dem Innovationspreis der Buch Digitale.

tredition ist Mitglied im Börsenverein des Deutschen Buchhandels.

Dieses Werk elektronisch lesen

Dieses Werk ist Teil der Gutenberg-DE Edition DVD. Diese enthält das komplette Archiv des Projekt Gutenberg-DE. Die DVD ist im Internet erhältlich auf **http://gutenbergshop.abc.de**